BAIXA MEMÓRIA

MISSÃO SECRETA

astral cultural

E AÍ, FAMÍLIA, BELEZA?

Cauê e BaixaMemória estão prontos para mais uma grande aventura. Depois de se divertirem muito em uma competição pra lá de emocionante no livro **BaixaMemória e a Família Craft**, agora eles vão encarar um novo desafio, cheio de mistério e pistas escondidas para serem encontradas. Eles receberam uma mensagem enigmática e quase impossível de decifrar. Parece um chamado para uma missão especial, ou melhor, uma missão secreta. É hora de você incorporar o seu lado detetive e partir para a investigação!

Para resolver algumas atividades e descobrir pistas extras desta missão, você vai precisar usar os quadros mágicos que estão na parte de dentro da capa deste livro. Portanto, recorte os três lados de cada quadro nas linhas pontilhadas. Nos enunciados das atividades, estará indicado qual quadro você precisará usar no desafio. Encaixe-o dentro das marcações indicadas, combinando a letra que está no canto do quadro com a letra impressa na moldura. Depois de posicionar o quadro, a resposta ou a pista aparecerá nos quadrados vazados. Para entender melhor, dê uma olhada no vídeo que ensina como utilizar os quadros. É só acessar o QR Code ao lado.

A

ENCAIXE O QUADRO DENTRO DESTAS MOLDURAS

B

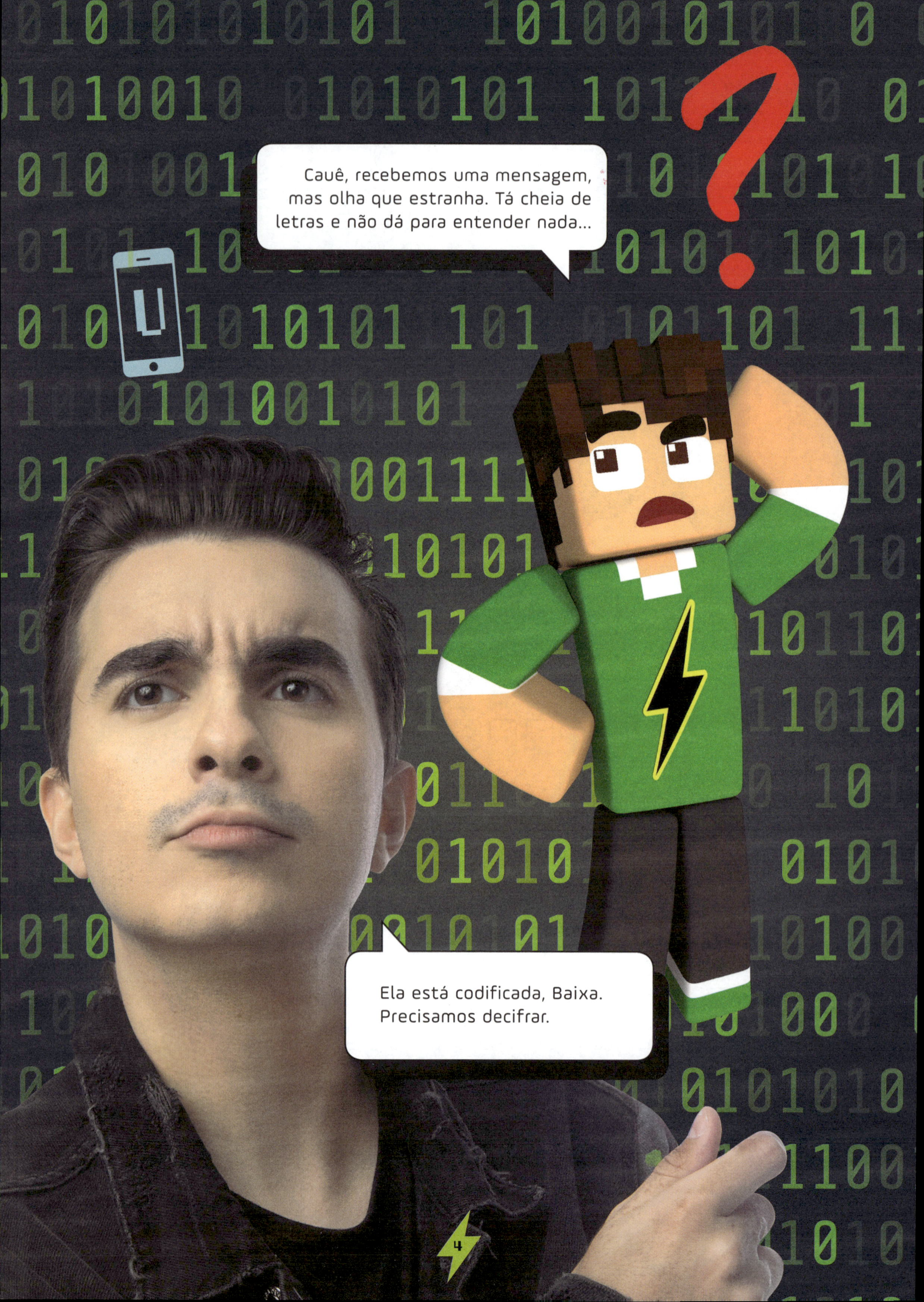
Cauê, recebemos uma mensagem, mas olha que estranha. Tá cheia de letras e não dá para entender nada...
Ela está codificada, Baixa. Precisamos decifrar.

MENSAGEM SECRETA

Decifre o código e descubra o que está escrito na mensagem. Para isso, na parte de cima, circule as letras que aparecem espelhadas de ponta cabeça na parte de baixo. Depois, escreva as letras circuladas nos espaços. Siga os exemplos marcados.

TOP SECRET

A E L G J O A E S M T R A E S N H B O O N E D S T N A D A C
L O N S T T E C E J N O D O E T V O U C E S I P S B R E C U
I S R A M D E Y S C O E B R H I R Q U Z E Q M E E S T R A P
V O R C T R A T S P D I R S Y S O A T I E N L C A O E S S A
E U M T A E M I S C S A O P S M E Z C R P E T X A O D A Z F

E U W S A P W I S I S A O U S C E A C R S E T F A E B U P W
U O R D T R A R S C D I L S X S O A T F E N C C A O E Z S A
I S V A W D E K S C O A B R B I R O U N E F W X E S T T A P
Z O N D T F E C E V N B D O E E V O O C E S J R B X R E C E
A R T O Y O A E S C T R A B F N H O N O H E L S T U A I A C

A L G O   _ _ _ _ _ _ _ _

_ _ _ É   _ _ _ _ _ _ _ _ N _ _

E   _ _ _ Ô _   P _ _ _ _ _ _ _

_ E _ _ _ _ _ _ _   Q _ _ _

_ _ _ É   _ _ _   T _ É _

_ _ _ _ _.   _ _ _ _ Ç Õ _:

_ S _ _   É   _ _ _

_ _ _ _ Õ O   _ _ _ R _ _ _!

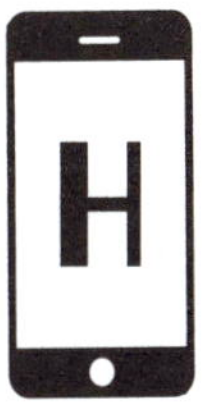

NA PRIMEIRA LINHA, ALGUMAS LETRAS FORMAM O NOME DE UM PERSONAGEM EM QUE OS MENINOS VÃO SE INSPIRAR PARA SOLUCIONAR ESTE CASO. DICA: COMEÇA COM J.

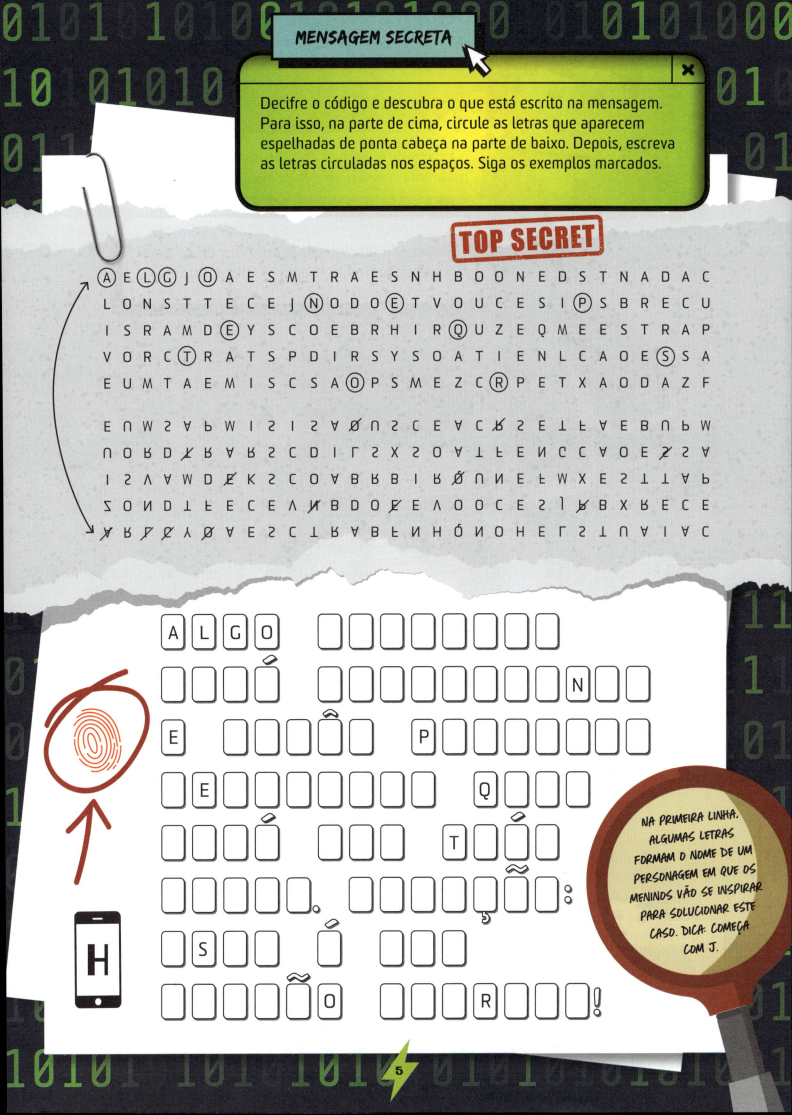

Não acredito, fomos convocados para uma missão secreta!!!!
Baixa, mas a mensagem nem disse para onde devemos ir. E agora? O que faremos?
Você recebeu outra mensagem, Cauê. Olha rápido o seu celular. Pode ser uma pista.

SENHA SECRETA

Cauê e Baixa receberam uma mensagem de voz, mas o áudio está bloqueado. Para acessá-lo, primeiro você vai precisar descobrir qual é a senha, seguindo o caminho do quadro 1 no quadro 2. Depois, abra o QR Code e digite a senha que você encontrou para ouvir o áudio que eles receberam.

ENCAIXE O QUADRO AZUL NA MOLDURA E DESCUBRA UMA PISTA IMPORTANTE PARA DESVENDAR ESSE CASO.

A

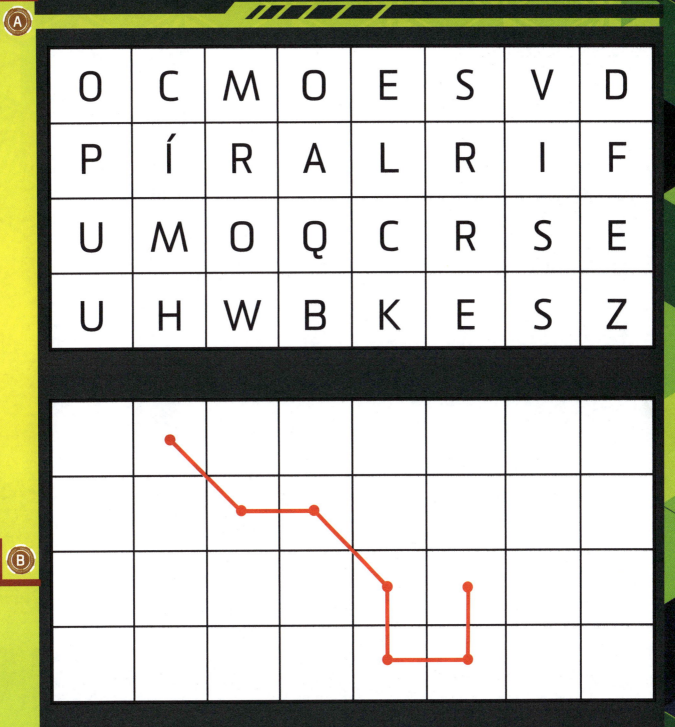

O	C	M	O	E	S	V	D
P	Í	R	A	L	R	I	F
U	M	O	Q	C	R	S	E
U	H	W	B	K	E	S	Z

B

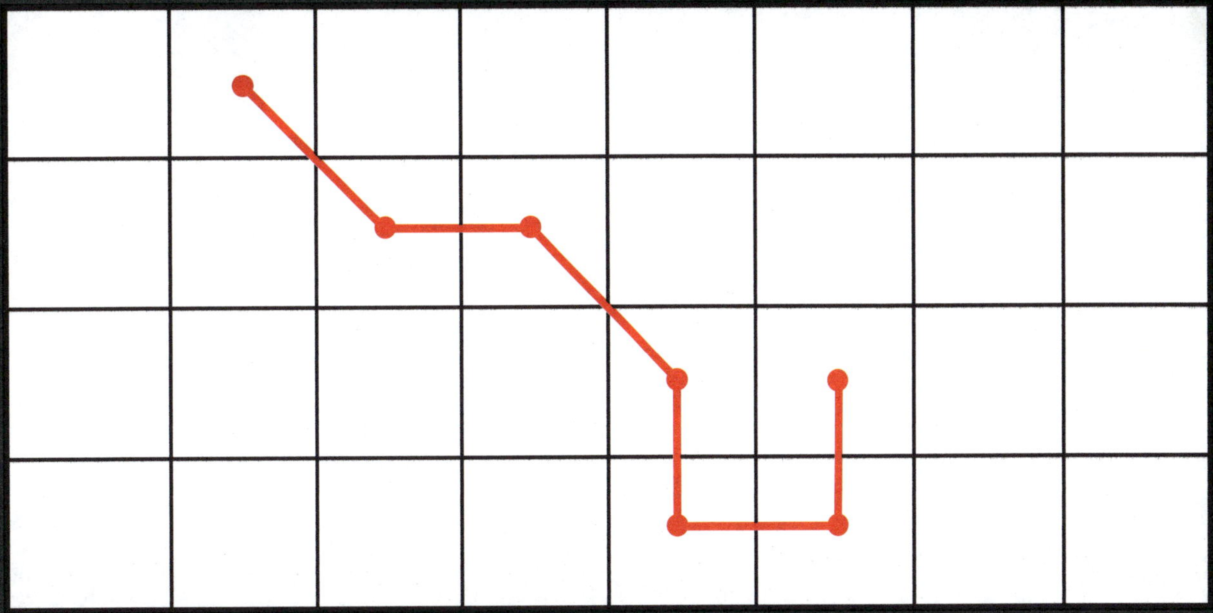

Resposta: ___ ___ ___ ___ ___ ___ ___

L

Olha, Cauê, o áudio mandou a gente pra cá. Deve estar rolando algo estranho por aqui...

MONSTROS ESCONDIDOS

Cauê está certo! Parece que todo mundo aqui ficou vermelho de repente. Quantas pessoas você consegue encontrar nestas páginas?

Cauê, como isso foi acontecer? Essa deve ser a nossa missão. Temos que descobrir quem fez isso.
Ahhh, mas como?

Calma! Uma coisa de cada vez. Primeiro, precisamos nos esconder e planejar a missão. Vamos procurar um lugar que possa servir de base.

BASE SEGURA

Baixa e Cauê precisam encontrar um lugar para servir de base para a investigação que estão fazendo. Ajude-os a encontrar, passando pelas portas que estão abertas.

DICA: COM O QUADRO MÁGICO VERDE, VOCÊ DESCOBRE POR QUAL PORTA DEVE COMEÇAR.

ATENÇÃO: VOCÊ PODE PASSAR PELOS JARDINS.

PORTA BLOQUEADA

Cauê e Baixa encontraram um lugar que pode servir como base, mas a porta está bloqueada. Para abri-la, eles precisam descobrir qual é a sequência de teclas que devem apertar. Para isso, use o quadro mágico roxo. A resposta aparecerá em 5 dos quadrados vazados.

A

Ctrl	Del	↑	C	V
←	C	Ctrl	Del	C
→	Ctrl	V	↑	→
Alt	↓	Ctrl	Alt	←
Del	C	V	Del	↓

E

B

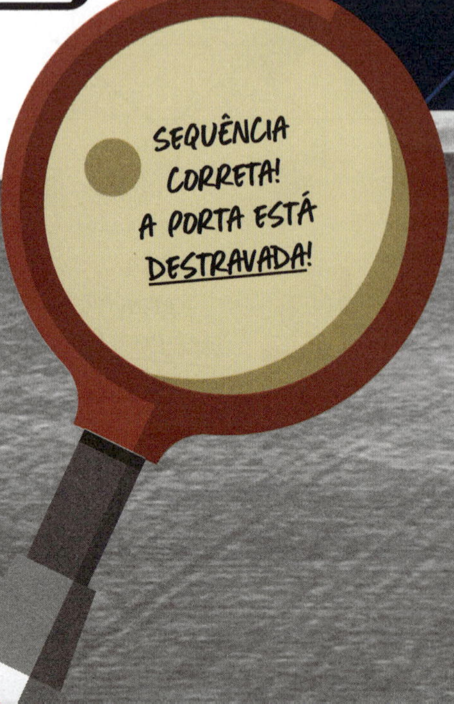
SEQUÊNCIA CORRETA!
A PORTA ESTÁ DESTRAVADA!

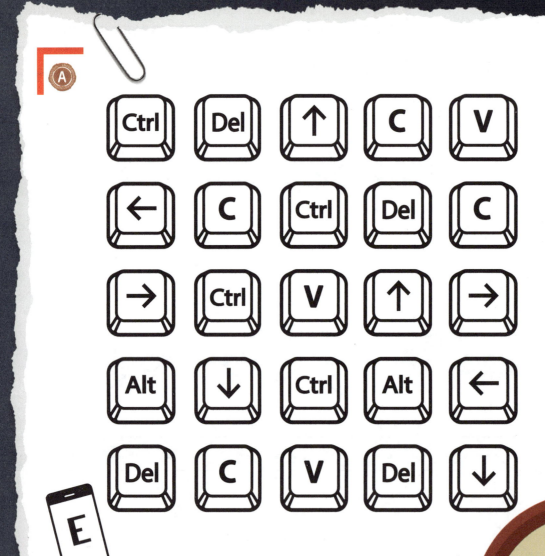

Cauê, descobrimos o atalho que abre a porta!

Conseguimos!
Agora temos uma base
secreta de operações.
Baixa, acho que estamos mandando
muito bem como detetives! Vamos,
temos um mistério para resolver.

Cauê, aqui é o lugar perfeito! Já temos tudo o que vamos precisar para a nossa missão.
Baixa, vamos começar pesquisando o que houve, então. Será que isso já aconteceu antes?

MATÉRIA MISTERIOSA

Durante a pesquisa, Cauê encontrou um artigo de jornal. Para descobrir o que está escrito nele, elimine as letras **X**, **Y** e **Z** do quado abaixo. Depois, escreva a frase que se formou.

X	U	Y	M	Z	X	Y	X	Z	X
H	X	Z	Y	A	X	C	K	Z	X
X	Z	E	Y	Z	R	X	Z	Y	T
X	R	Z	A	N	S	X	F	O	R
M	X	O	U	Z	T	O	D	Z	X
A	S	Z	A	S	X	P	Z	X	Y
X	E	Y	Z	X	S	S	Y	O	A
S	X	E	M	Z	X	Y	S	Z	E
Z	R	E	S	Y	Y	V	Z	E	X
R	M	Y	E	L	Z	H	Y	O	S

__ _______ ____________

______ __ _________

__ ______ ___________

É um vírus que está deixando todo mundo vermelho. E, olha, tem até uma foto do hacker que o criou! Temos que pegá-lo.
Cauê, você arrasou! Agora nossa missão começou de verdade.

HACKER MISTERIOSO

Você foi convocado junto com eles para a missão. Mostre que você presta atenção aos detalhes e circule a única sombra idêntica à do hacker que aparece na página anterior.

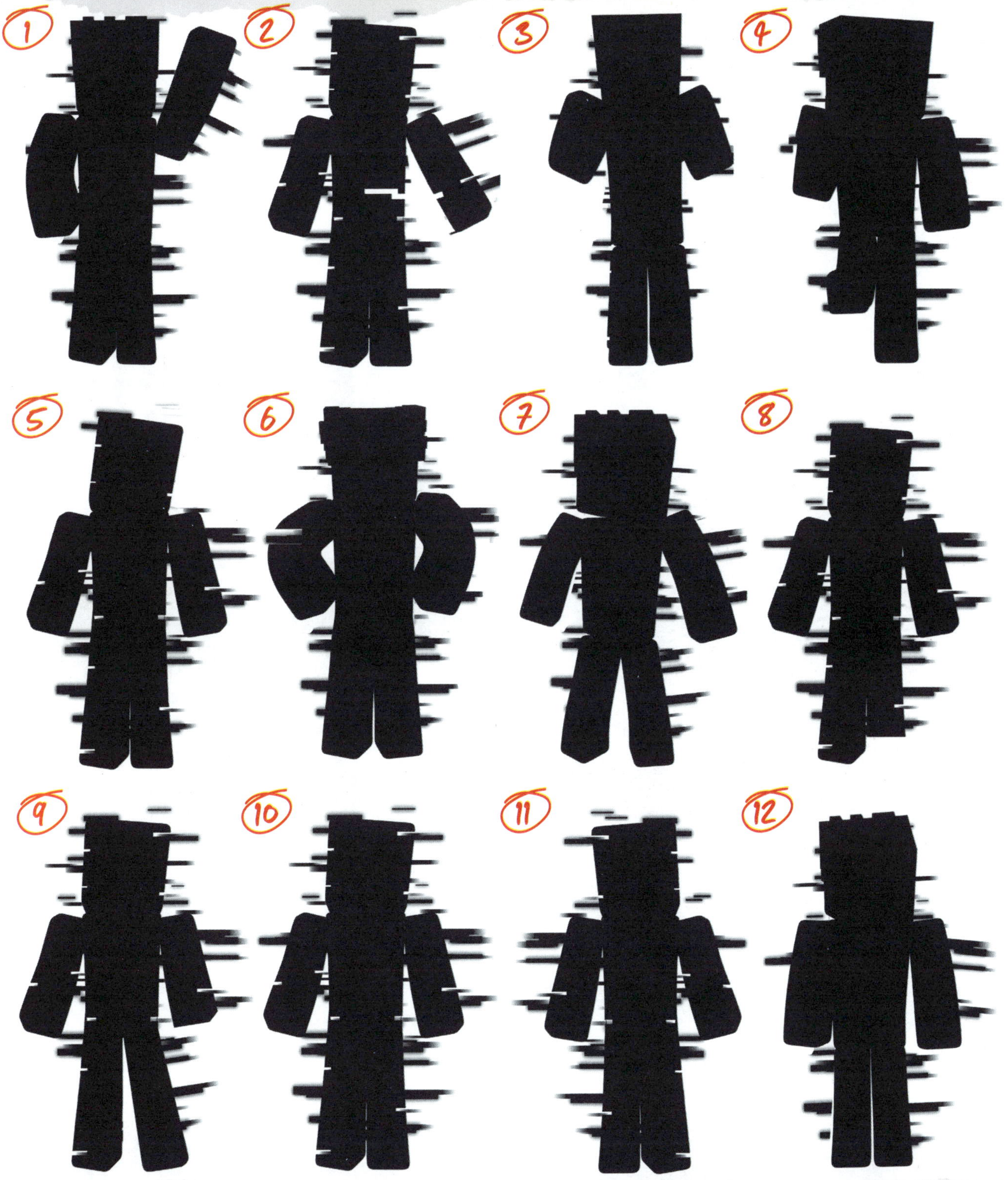

Cauê, espera! Todos esses papéis estão falando do hacker. Será que são dele?
Baixa, ele deve ter passado por aqui em algum momento...
Acho que a base não é tão secreta assim. Vamos aproveitar para procurar mais pistas.

RETRATO FALADO

Cauê e Baixa estão procurando mais pistas na sala. Enquanto isso, faça o retrato falado dele e, depois, tire uma foto e poste nas redes sociais usando a #livrodobaixamemoria!

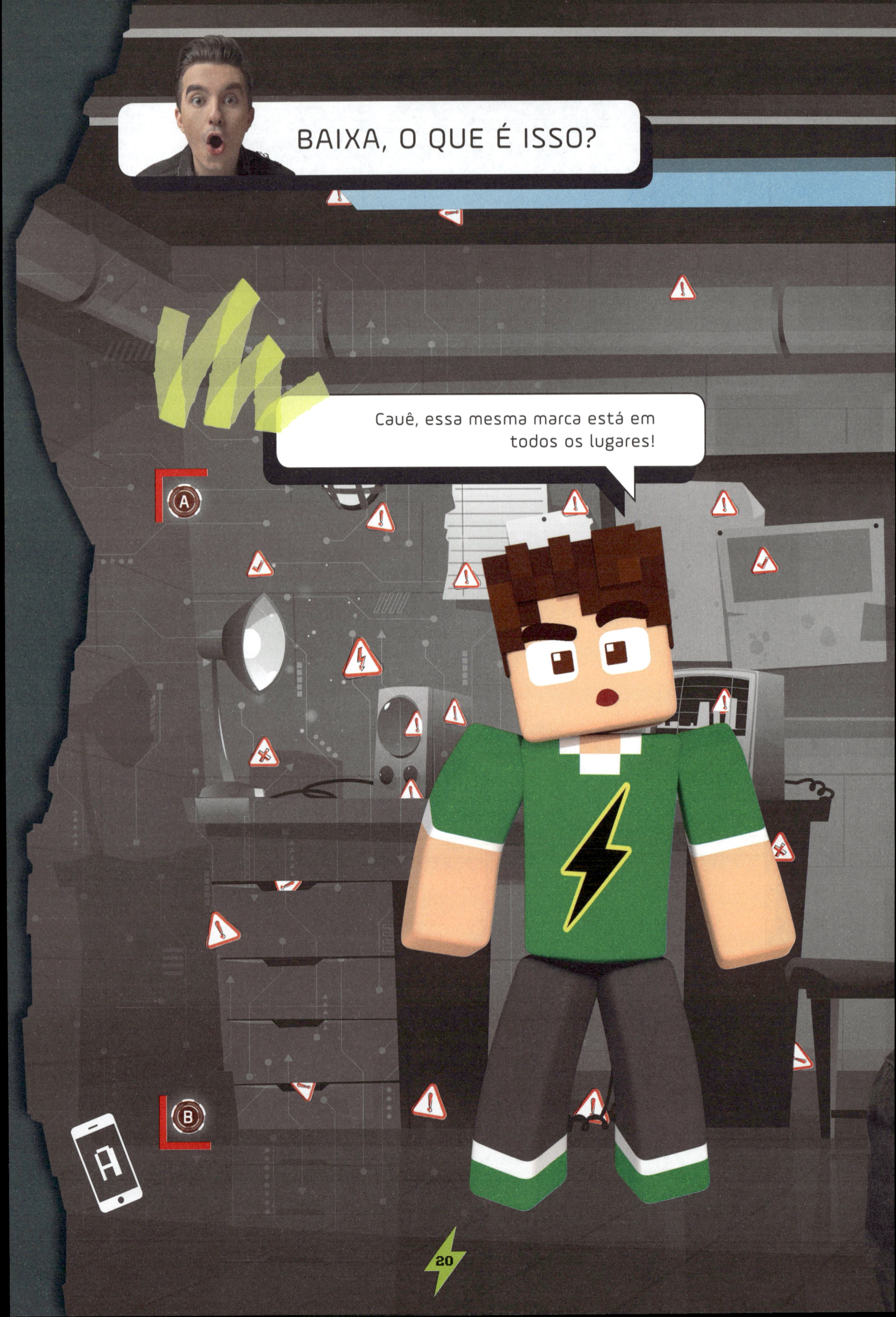
BAIXA, O QUE É ISSO?
Cauê, essa mesma marca está em todos os lugares!
A
B
A

MARCA DO HACKER

Essa marca estava em todo mundo que tinha ficado vermelho e também está espalhada por todo lugar. Conte quantas vezes ela aparece na página. Além disso, algumas marcas não são exatamente iguais. Encaixe o quadro azul para encontrar cinco marcas diferentes na página 20, e o quadro vermelho na página 21 para encontrar mais cinco marcas diferentes!

Resposta:

Cauê, tive uma ideia: vamos pesquisar na internet o que essa imagem significa.

Boa, Baixa! É pra já.

QR CODE

Ajude o Cauê e o Baixa a descobrirem mais sobre essa pista. Abra a câmera do seu celular e acesse o QR CODE ao lado.

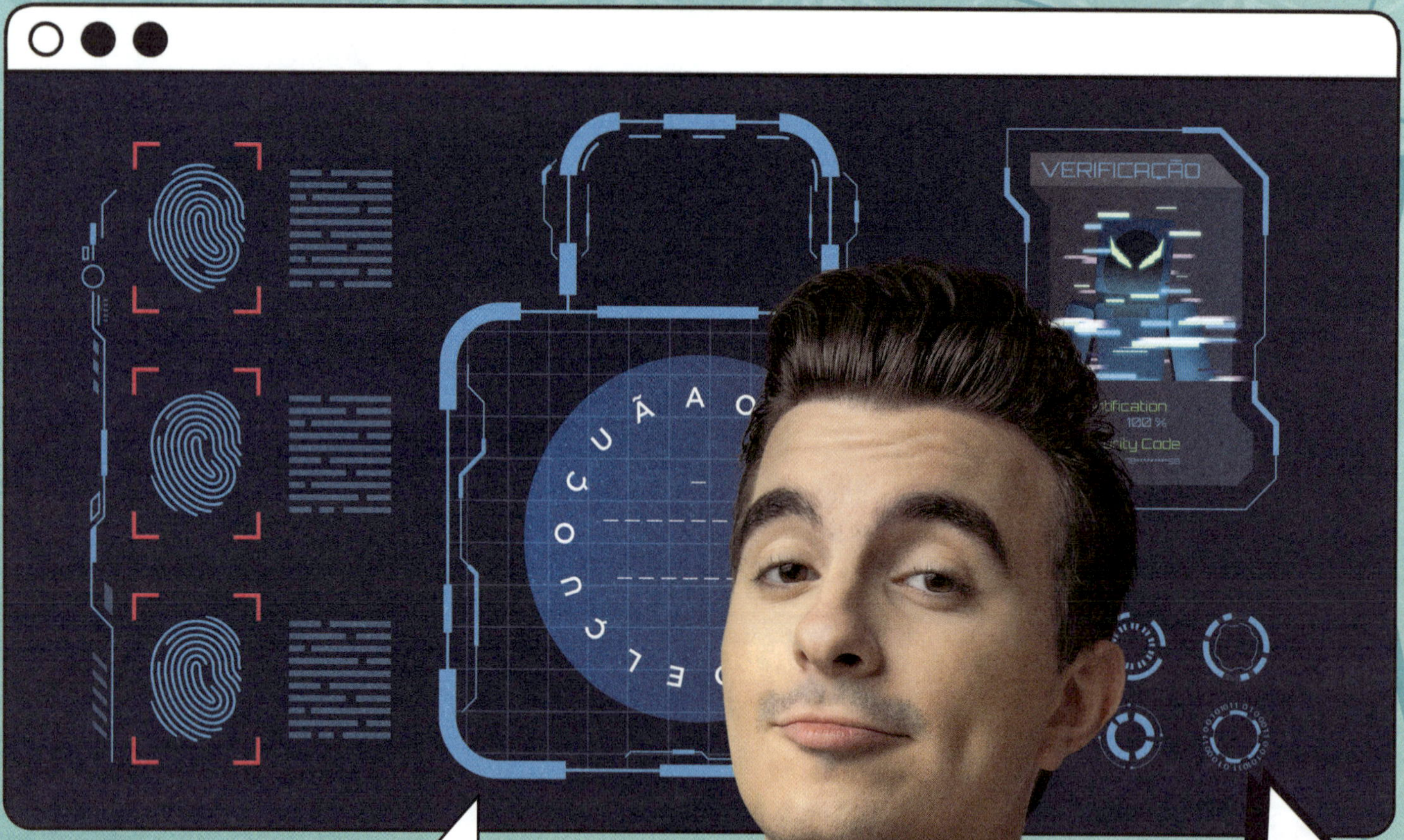

É o perfil do hacker, Baixa! E olha essa foto!

Parece mais uma mensagem para os detetives Cauê e Baixa decifrarem!!!

PISTA 01

Ajude o Baixa e o Cauê a descobrirem o que está escrito na mensagem. Para isso, comece onde a seta aponta. Pule uma letra e escreva a seguinte em cada um dos espaços abaixo. Siga fazendo a mesma coisa no sentido horário, anotando as letras nos espaços até decifrar a mensagem.

BIP

Baixa, tem uma foto postada há menos de uma hora.
Precisamos descobrir onde ela foi tirada. Talvez o hacker ainda esteja lá.
Aqui no fundo tem uma placa. Vamos dar zoom...

POSICIONE O QUADRO AZUL NA MOLDURA E DESCUBRA UMA PISTA IMPORTANTE PARA A PRÓXIMA PÁGINA.

A

1	I	A	T	O	E
2	V	P	C	L	S
3	G	M	S	M	É
4	O	I	O	V	D
5	M	B	R	O	U

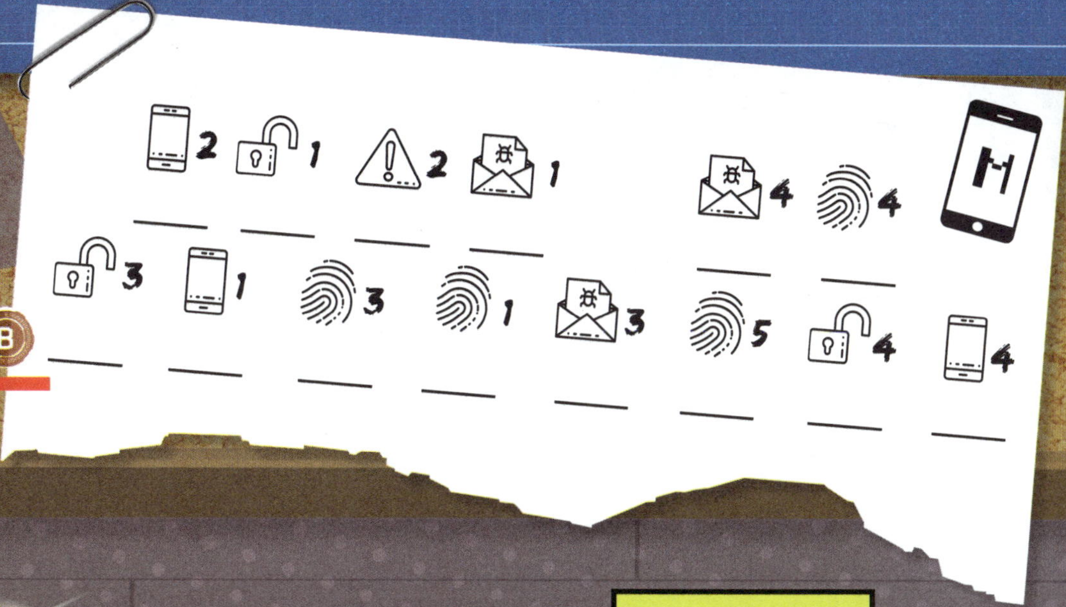

B

PISTA 02

Ajude o Baixa e o Cauê a desvendarem a localização do hacker. Observe a imagem e preencha a resposta com a letra correspondente a cada coordenada.

Hmmm... Acho que vamos precisar de uma ajudinha do GPS para chegar até lá! Não tenho a menor ideia de onde fica.

SUA VIAGEM VAI COMEÇAR

COMO CHEGAR LÁ?

Baixa e Cauê descobriram pistas importantes. Agora, eles precisam chegar até o Vale do Mistério. Siga a orientação das setas do GPS e ajude-os a completar mais essa missão.

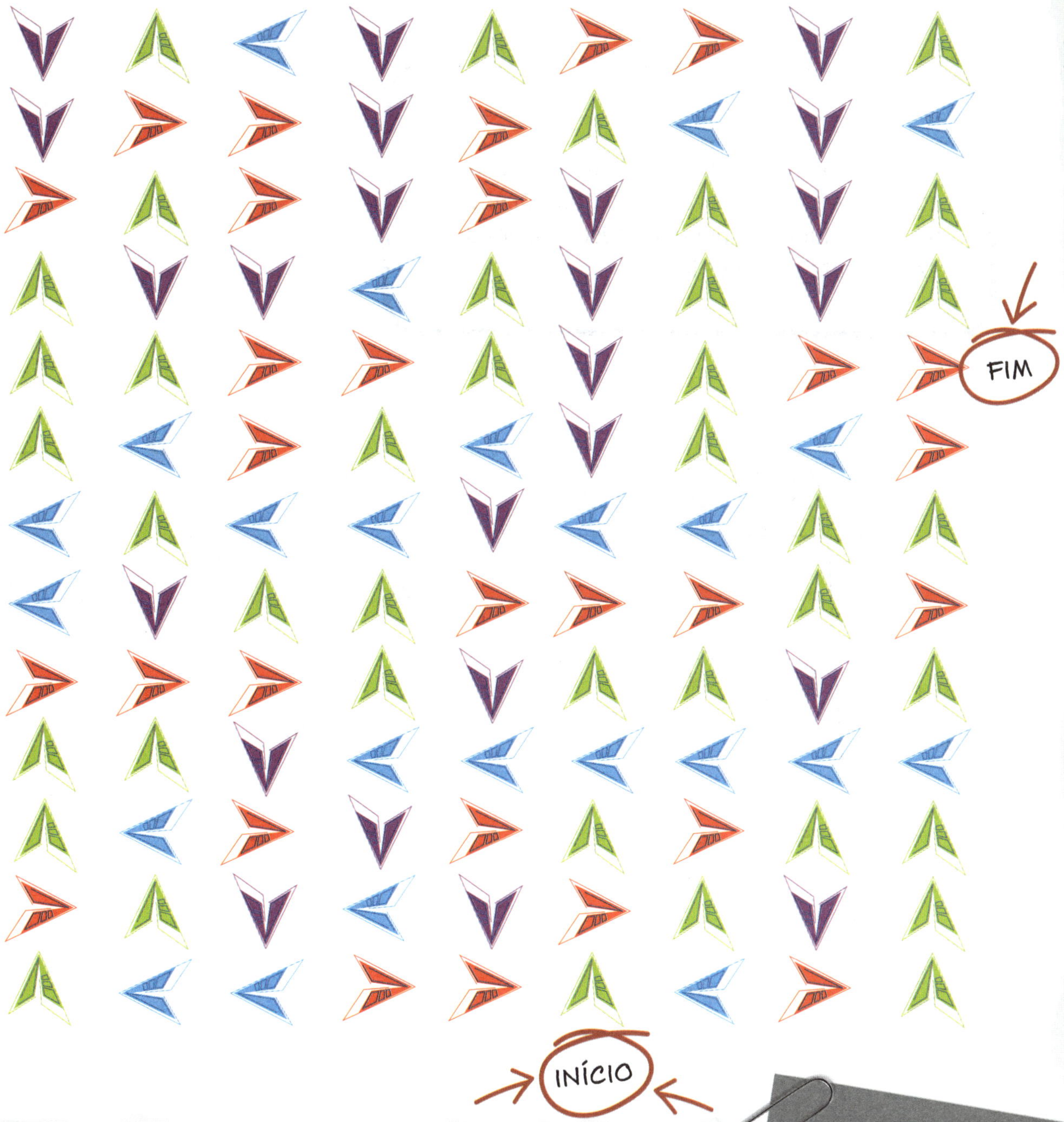

RETRATO FALADO DO HACKER!

Acho que chegamos.

Até que não foi difícil, né? Estamos mandando superbem nessa missão e...

Baixa... Acho que não devemos cantar vitória antes da hora. Olha só esse lugar!

VALE DO MISTÉRIO

Os meninos chegaram ao Vale do Mistério. E agora? Será que eles vão conseguir encontrar o hacker? Ligue os pontos e descubra aonde exatamente o GPS os levou.

Sem chances de a gente conseguir entrar aí! Não tem cadeado, não dá pra bater na porta e é muito alto pra pular!

Espere, olha só!

MURO PROTEGIDO

O muro da fortaleza parece ser protegido por um código. Para quebrá-lo, você precisa descobrir qual é a combinação de números correta. Primeiro, você deve descobrir qual é a lógica dos números e preencher os espaços em branco. Depois, encaixe o quadro azul para descobrir quais são os seis dígitos da senha. Quando descobrir, pinte-os com a sua cor preferida!

A

2			8			14	16
	8	12			24		32
	12			30		42	
0		16	24		40		

Senha: ____________

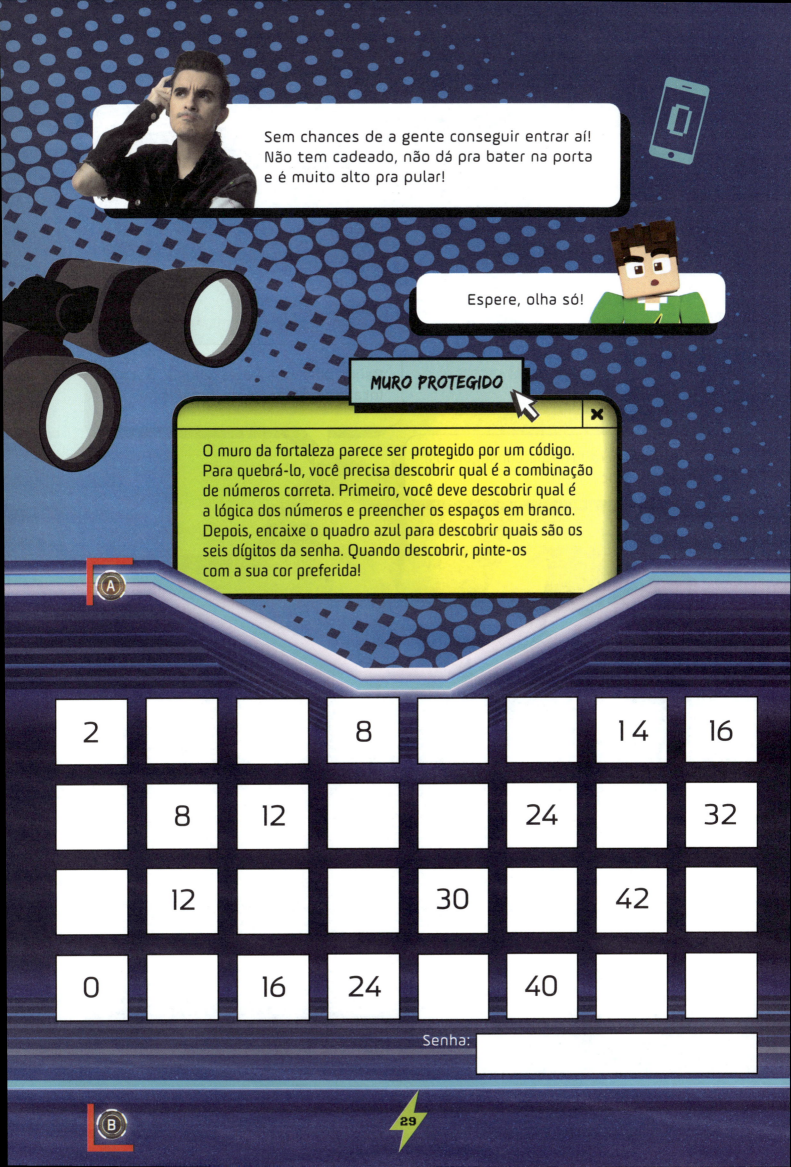

B

Uau! Nem acredito que conseguimos! Essa foi difícil, hein?!
Baixa, olha só para este lugar. Está lotado de câmeras de segurança!
50%

BAIXAMEMÓRIA INVESTIGAÇÕES

> NOME: Baixa

> ID: 0001

> ESPECIALIDADE: Desvendar textos codificados, descobrir senhas

> HABILIDADE: Mestre do disfarce e da agilidade

BAIXAMEMÓRIA

Assinatura

BAIXAMEMÓRIA INVESTIGAÇÕES

> NOME: Cauê

> ID: 0002

> ESPECIALIDADE: Encontrar objetos escondidos, descobrir melhores caminhos

> HABILIDADE: Superaudição e pensamento rápido

Cauê Bueno

Assinatura

BAIXAMEMÓRIA INVESTIGAÇÕES

> NOME: ______

> ID: ______

> ESPEC ALIDADE: ______

______

> HABILIDADE: ______

SUA FOTO

______

Assinatura

BAIXA MEMÓRIA

BAIXA MEMÓRIA

BAIXA MEMÓRIA

BAIXAMEMÓRIA INVESTIGAÇÕES

CERTIFICADO

DE INVESTIGADOR MIRIM

Nós, Cauê Bueno e BAIXAMEMÓRIA, certificamos que ______________________________

conseguiu encontrar todas as pistas escondidas e desvendar o caso, por isso foi promovido a Investigador Mirim do BMI (BaixaMemória Ivestigações).

Cauê Bueno
Assinatura

BAIXAMEMÓRIA
Assinatura

BAIXA MEMÓRIA

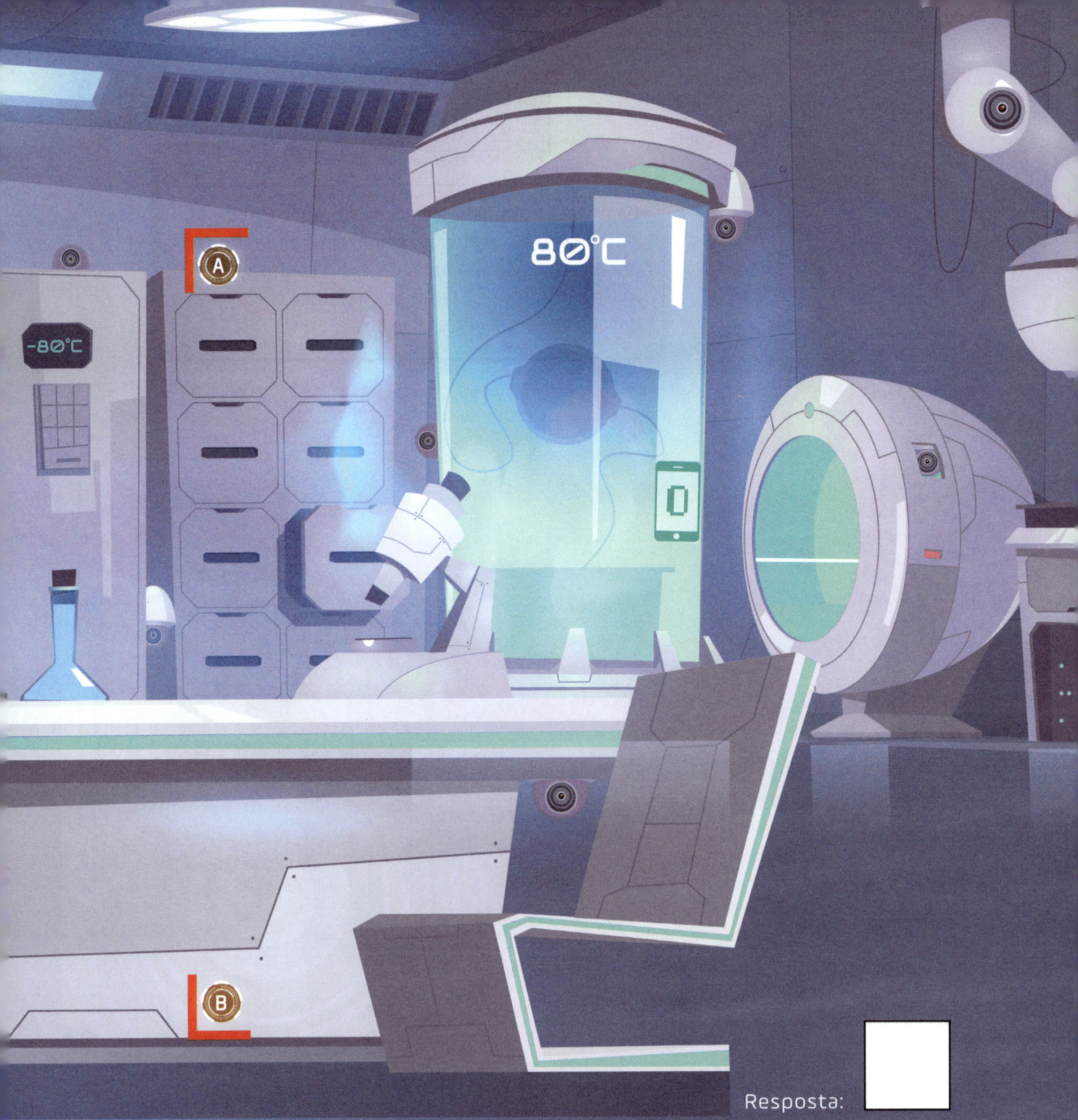

Resposta:

VOCÊ ESTÁ SENDO FILMADO

Ops, parece que o lugar tem muitas câmeras de segurança! Você consegue encontrar todas que aparecem nesta página e na página 30? Espero que sim, pois o Cauê e o Baixa precisam fugir delas. Circule-as e responda quantas câmeras você encontrou.

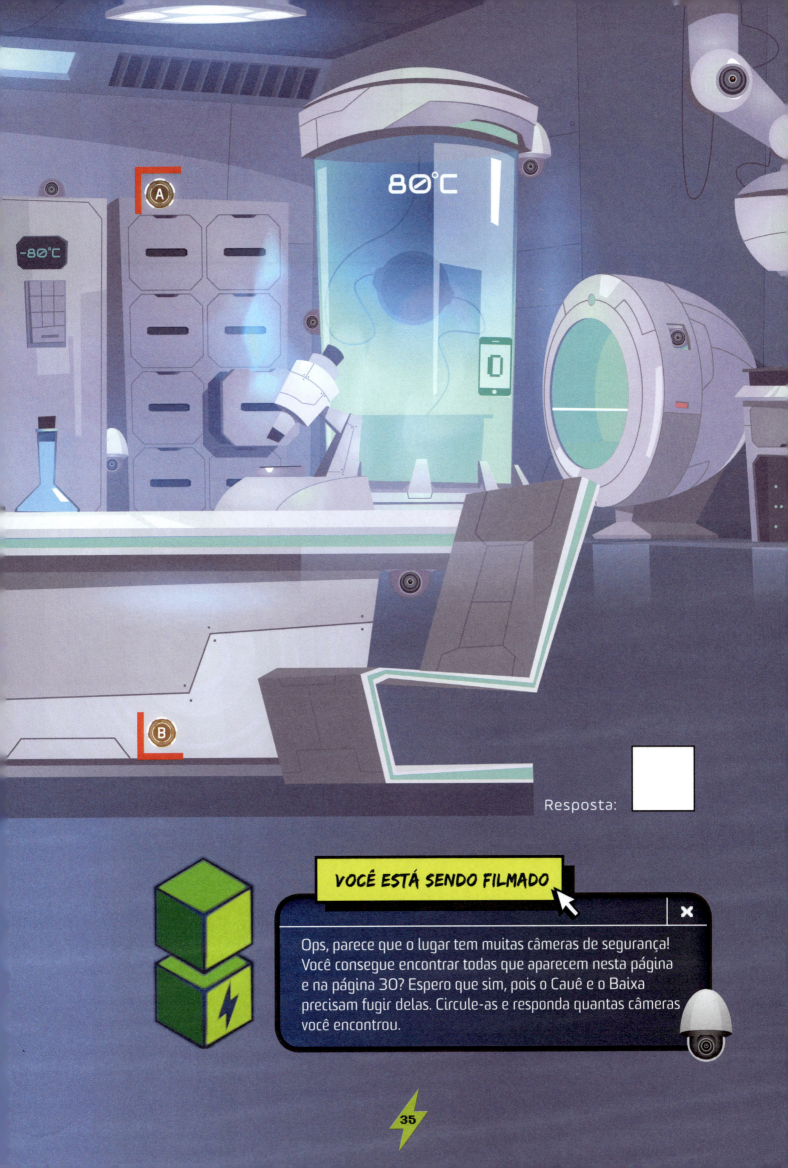

ENCONTRE OS ERROS

Com tantas câmeras, é claro que Cauê e Baixa seriam vistos e acabaram sendo surpreendidos por alguém. Mesmo no meio dessa confusão, mostre que você é atento aos detalhes e encontre 7 erros entre as cenas.

Ora, ora, ora... Vejo que temos visitantes!
PARA DESCOBRIR QUAIS FORAM AS CÂMERAS QUE PEGARAM OS MENINOS, VOLTE PARA A PÁGINA 35 E POSICIONE O QUADRO VERMELHO. ELAS VÃO APARECER NOS QUADRADOS VAZADOS.

Ei, não era bem você que estávamos esperando encontrar aqui...
Exatamente. Onde está o hacker???
Isso não interessa a vocês. Não era para estarem aqui! Agora vou ter que prendê-los para que não atrapalhem meus planos.

SEGURANÇA MÁXIMA

Eles foram presos e colocados em uma cela. Sua missão é colocar as imagens em ordem. Siga a referência da imagem na página ao lado.

1

2

3

4

5

6

7

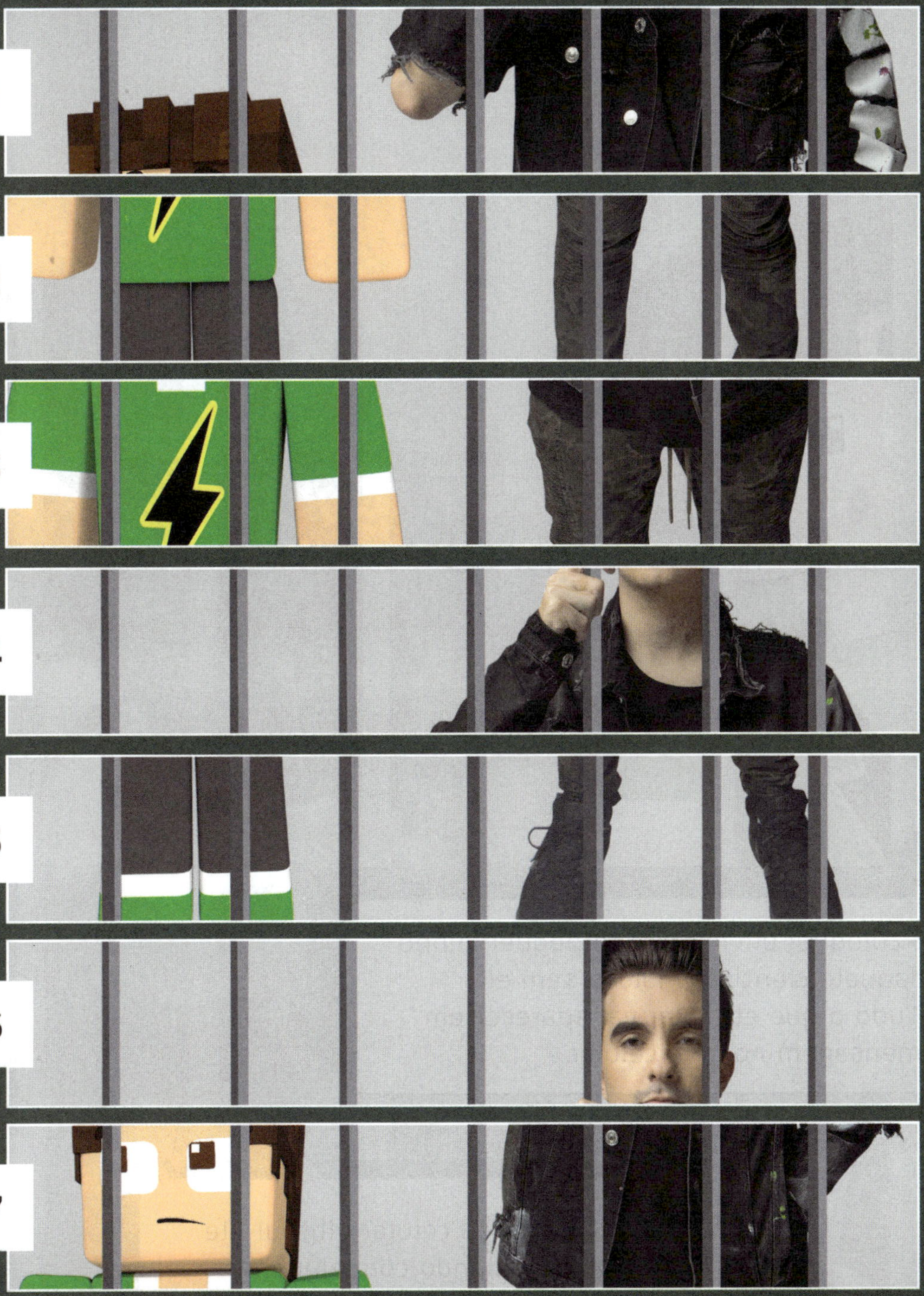

Cauê, quem será esse homem?
Não sei. E agora não quero saber! Só precisamos pensar em como sair de dentro desta cela. Aqui não dá pra fazer nada!
Dá sim! Eu coloquei um microfone pequenininho na roupa daquele cientista maluco sem ele perceber. Tudo o que ele falar vai aparecer em forma de mensagem no meu celular.
Olha, Baixa, seu celular vibrou! Ele deve estar falando com alguém!

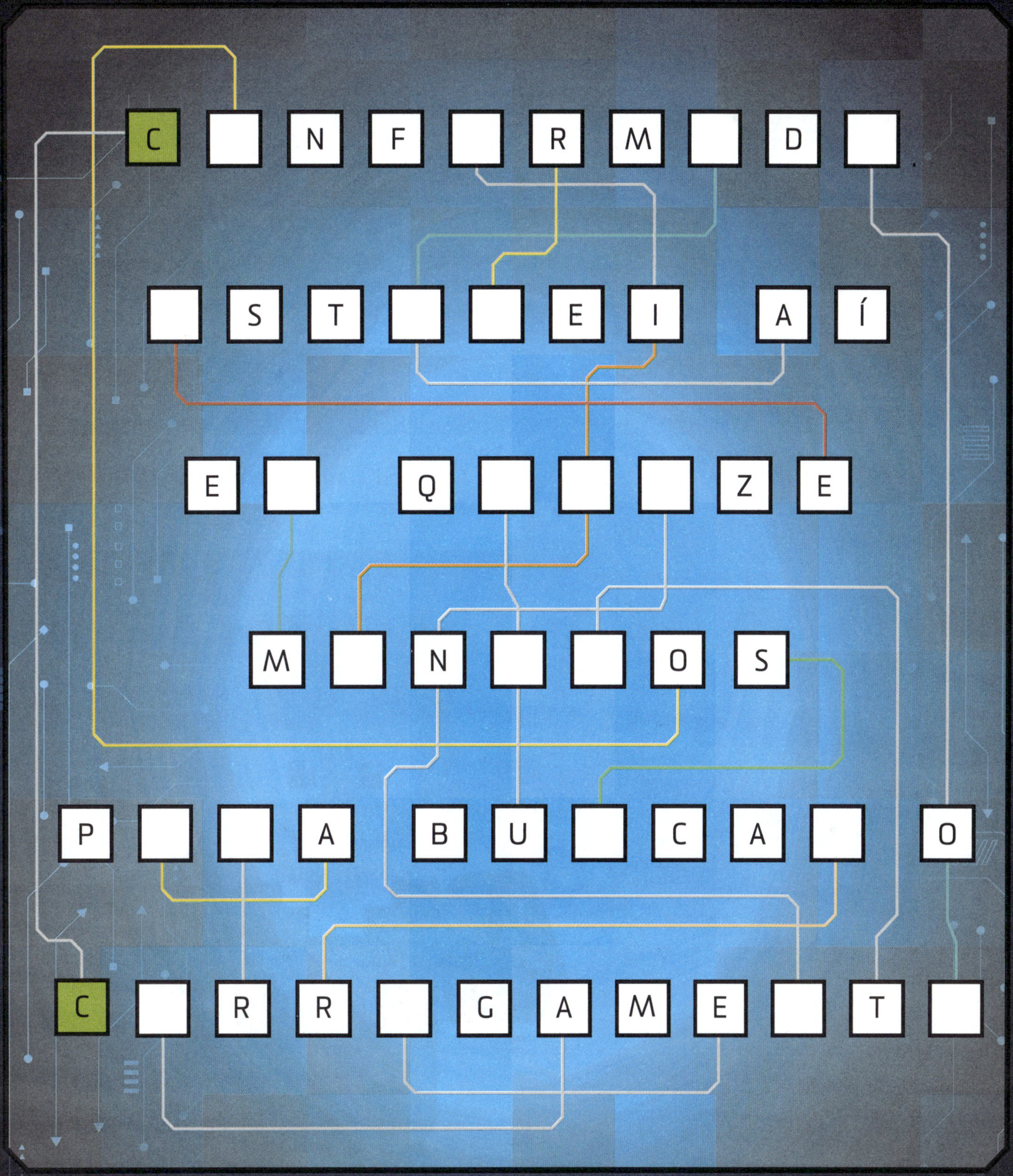

MENSAGEM SECRETA

Para descobrir o que o homem que capturou os meninos está falando, siga os fios e encaixe cada letra no espaço correto.

Baixa, precisamos aproveitar que ele vai sair para conseguir descobrir mais sobre o plano.
Cauê, olha só o que encontrei! Tem várias chaves escondidas nesta caixa!

7 CHAVES

Eles encontraram várias chaves, mas só uma é a correta. Encaixe o quadro vermelho e ela vai aparecer em um dos quadrados vazados.

SAÍDA
Conseguimos. Vamos, temos pouco tempo... Precisamos ser rápidos!
Cauê, eu vi ele entrando naquela porta! Devemos conseguir alguma pista lá!

SENSOR DE PRESENÇA

Ajude-os a chegar até a porta em que o Baixa viu o cientista entrando. Mas tome cuidado! Há sensores de presença por todo lugar. Não deixe que eles peguem você!

UAU, este deve ser o laboratório do hacker.
Aqui devem ter muuuitos segredos.

COFRE ENIGMÁTICO

Baixa e Cauê encontraram um cofre, mas, para abri-lo, precisam fazer as combinações corretas. Preencha os espaços em branco com os números que estão faltando. Mas atenção: cada estrela deve ter todos os números, de 1 a 5, sem repetir.

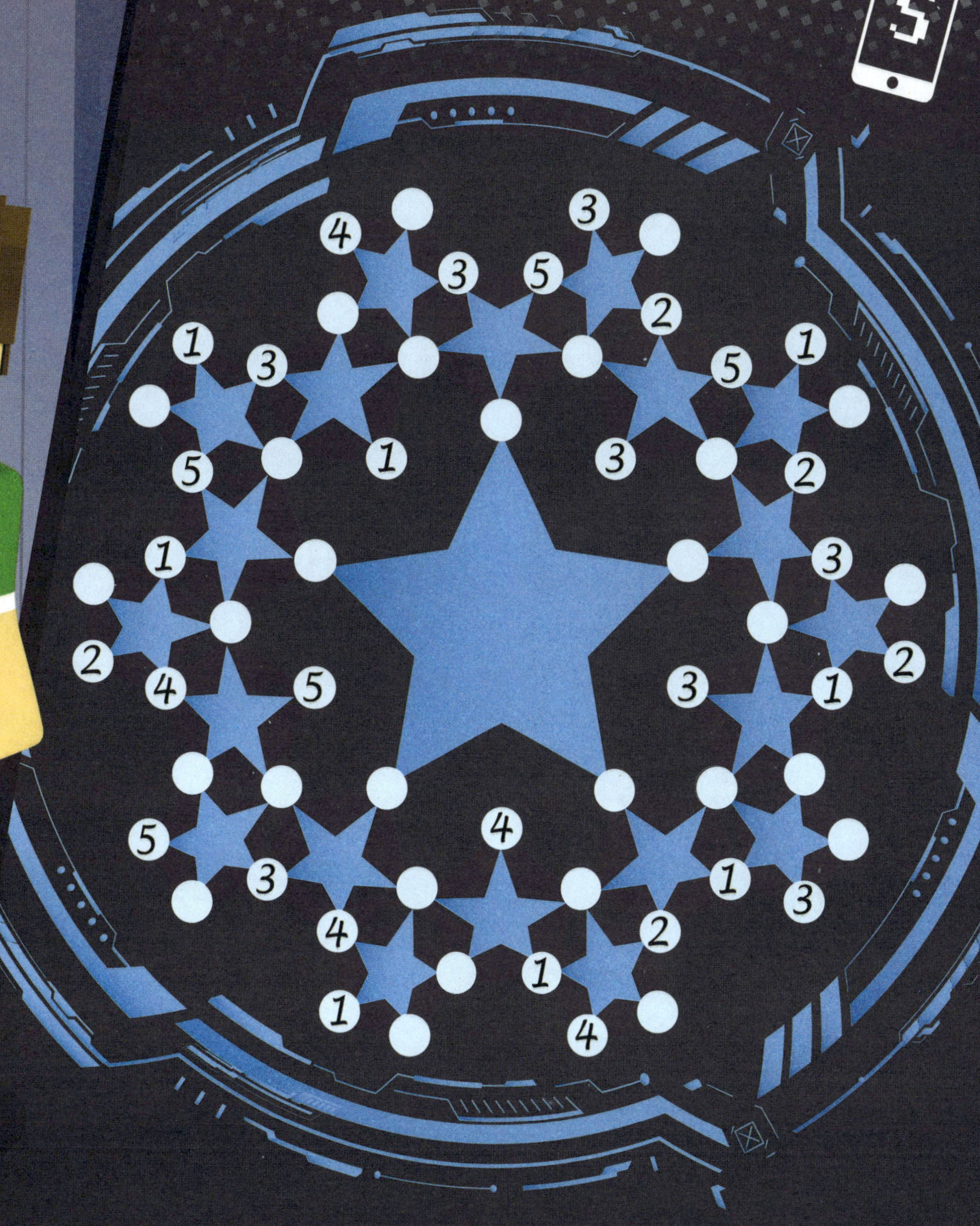

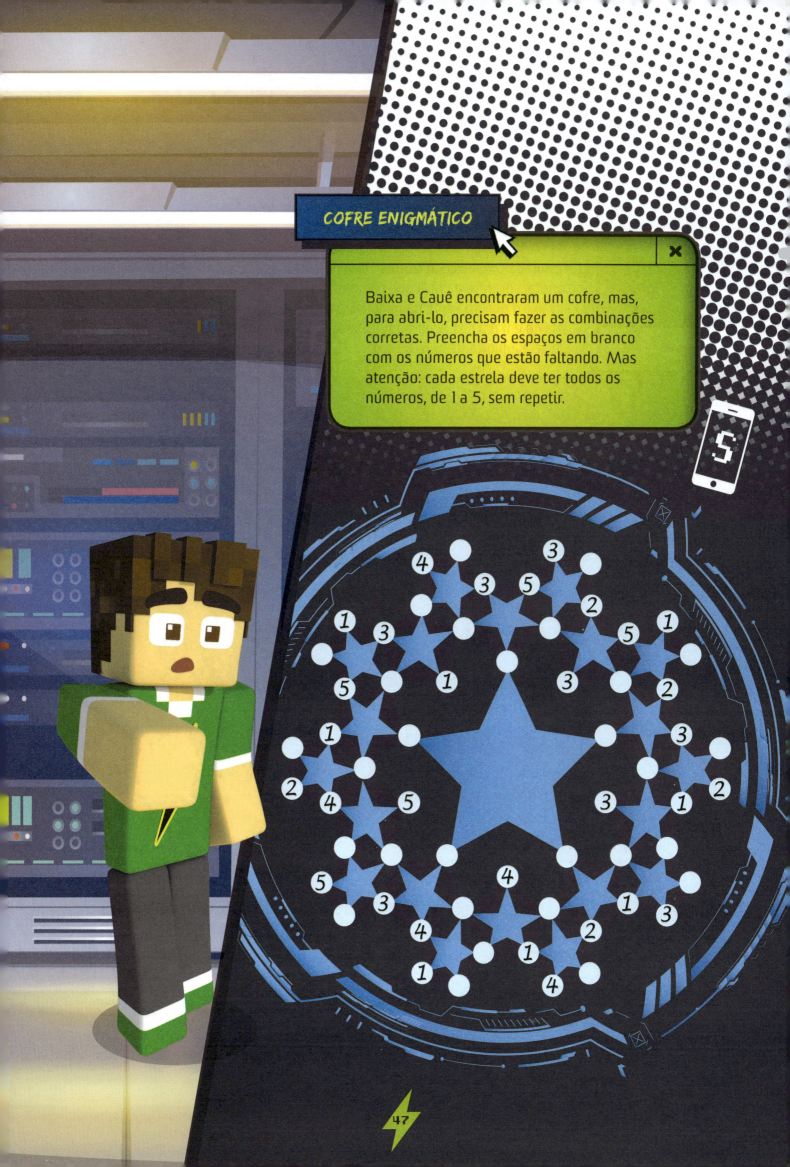

IMPRESSÃO DIGITAL

Cauê e Baixa acharam um pen drive dentro do cofre. Entre os milhares de arquivos, eles encontraram uma pasta com a impressão digital do hacker, porém ela está misturada com diversas outras. Para descobrir qual é a correta, encontre a única que não tem par. Depois disso, encaixe o quadro verde na moldura e encontre uma palavra em um dos quadrados. Guarde essa palavra. Ela será importante para o caso.

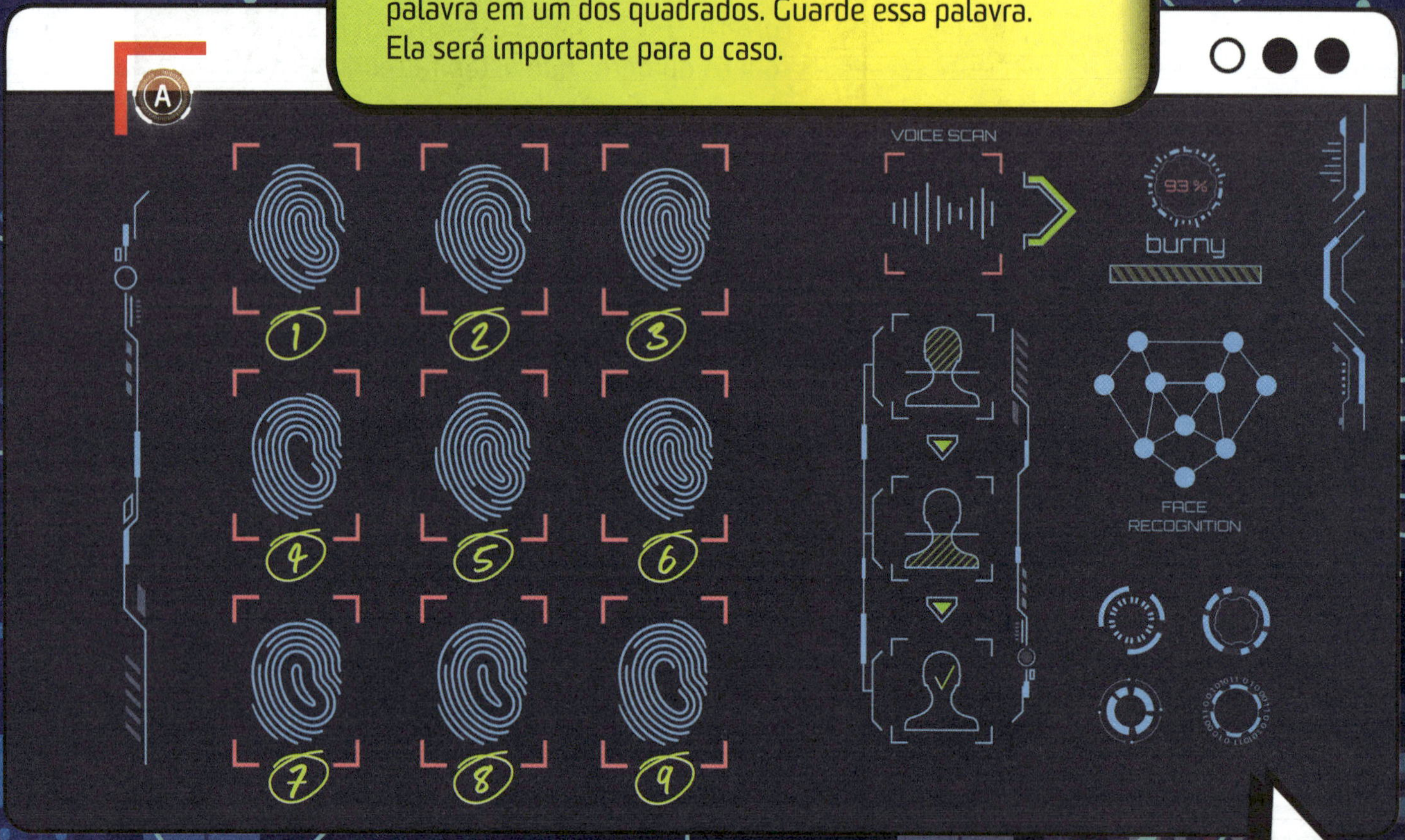

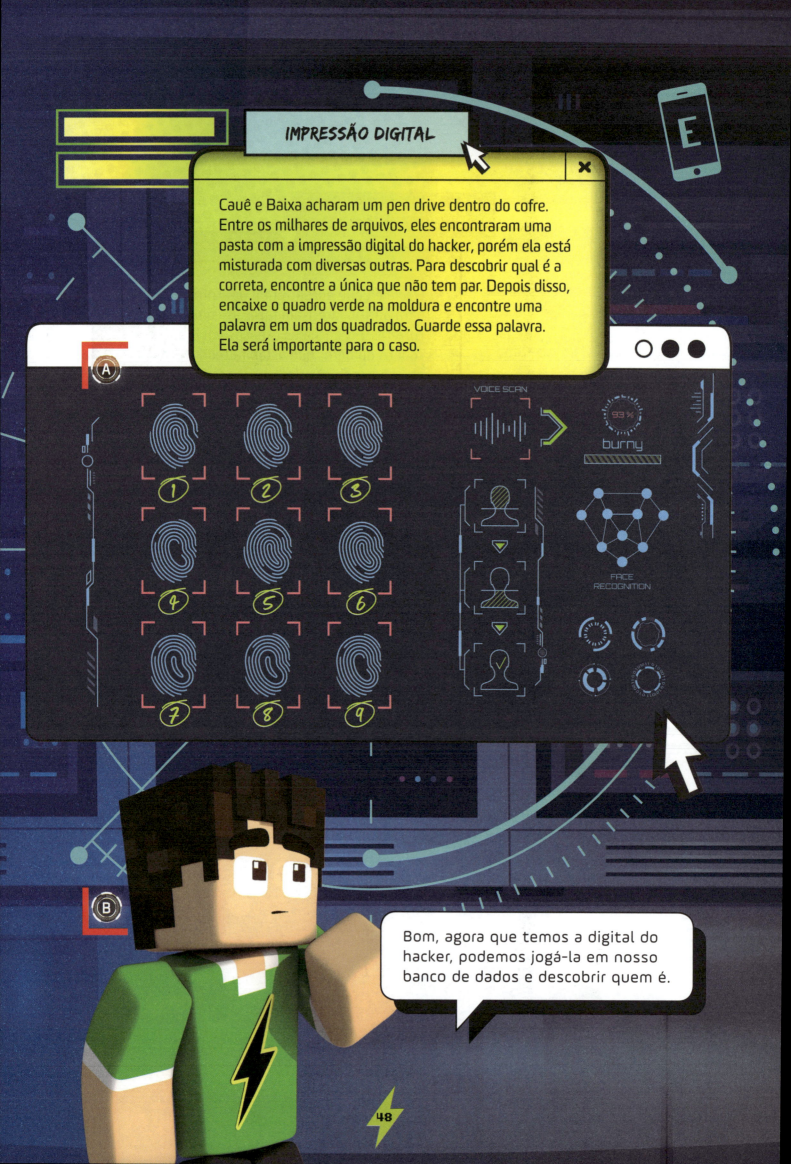

Agora é só esperar o banco de dados encontrar... Ei, você ouviu isso? Alguém esta vindo!
Deve ser aquele cientista. Rápido! Vamos criar uma armadilha para pegá-lo. Ele deve estar ligado ao hacker de alguma forma.

ARMADILHA

Cauê e Baixa decidem fazer uma armadilha para prender o cientista e descobrir qual a relação dele com o hacker. Ajude-os a separar tudo o que será preciso para capturá-lo. Para isso, basta substituir os símbolos pelas letras abaixo e descobrir quais itens preenchem o plano.

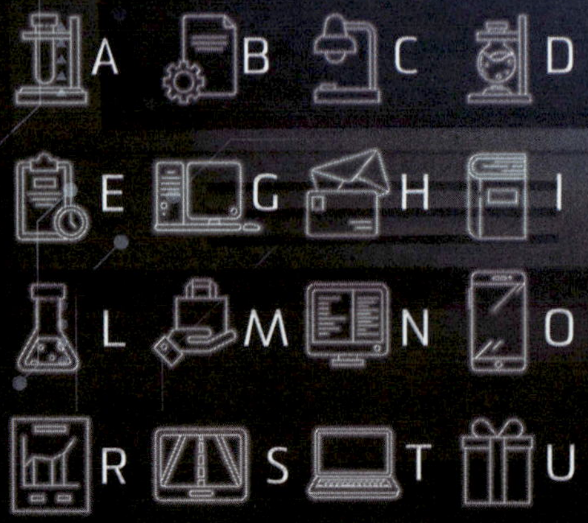

PLANO SECRETO

Parte 1 - Equilibrar um _____ ___ ____ em cima da porta. Quando o cientista abrir, a água vai cair sobre ele.
Parte 2 - Colocar ________ no chão. Quando ele entrar e levar um banho de água, não vai notá-las e cairá.
Parte 3 - Vamos utilizar a _____ para amarrá-lo.
Parte 4 - Com o cientista imobilizado, vamos fazê-lo revelar suas verdadeiras intenções ao ________ __ ________.

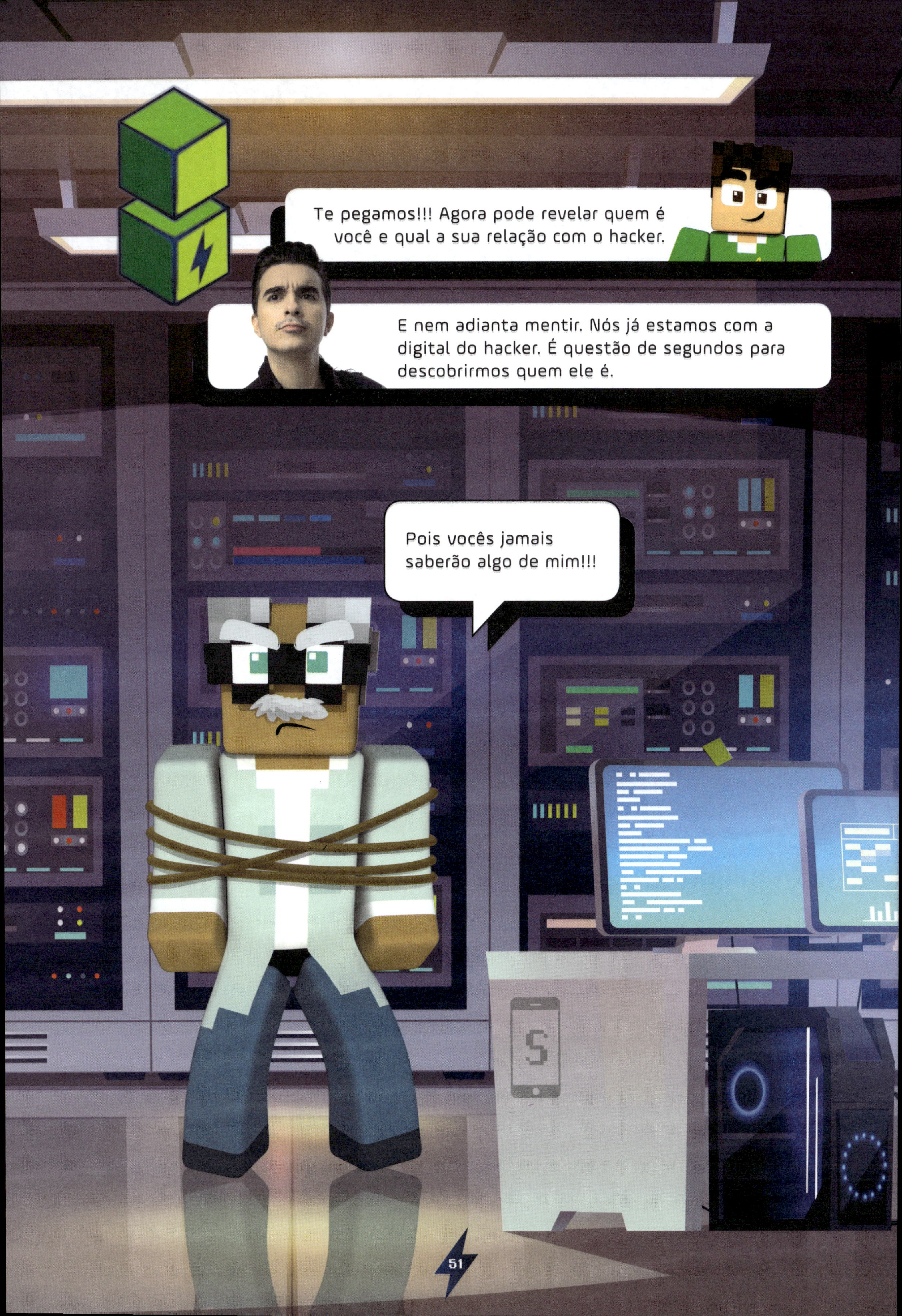
Te pegamos!!! Agora pode revelar quem é você e qual a sua relação com o hacker.
E nem adianta mentir. Nós já estamos com a digital do hacker. É questão de segundos para descobrirmos quem ele é.
Pois vocês jamais saberão algo de mim!!!

Você que pensa!!! Cauê e eu temos um jeito infalível de fazer qualquer um falar. E você nem parece ser tão durão assim!
Dá só uma olhadinha no detector de mentiras que temos aqui. Agora vamos descobrir tudo o que está acontecendo.
Se você mentir, ele nos dirá. Vamos lá...

DETECTOR DE MENTIRAS

Cauê e Baixa usaram o detector de mentiras para descobrir algo sobre o cientista, e funcionou. Para descobrir o que ele disse, posicione o texto abaixo em frente a um espelho.

CRIEI UM VÍRUS CAPAZ DE DEIXAR TODOS OS SERES SOB MEU COMANDO.

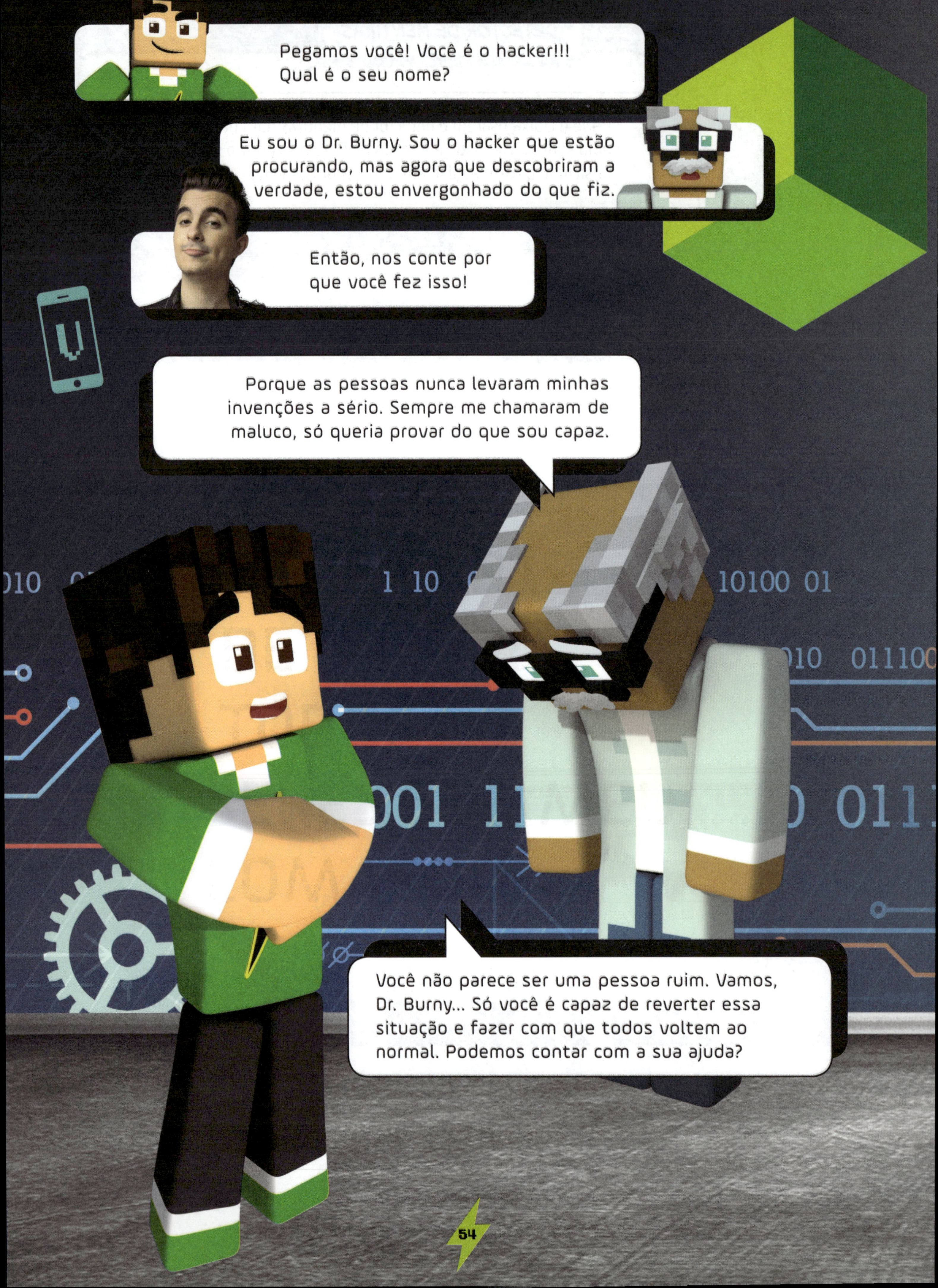
Pegamos você! Você é o hacker!!! Qual é o seu nome?
Eu sou o Dr. Burny. Sou o hacker que estão procurando, mas agora que descobriram a verdade, estou envergonhado do que fiz.
Então, nos conte por que você fez isso!
Porque as pessoas nunca levaram minhas invenções a sério. Sempre me chamaram de maluco, só queria provar do que sou capaz.
Você não parece ser uma pessoa ruim. Vamos, Dr. Burny... Só você é capaz de reverter essa situação e fazer com que todos voltem ao normal. Podemos contar com a sua ajuda?

MODO RESTAURAR ATIVADO!

Dr. Burny está arrependido do que fez e decidiu reverter a confusão que causou. Para quebrar o vírus e fazer com que todos voltem ao normal, ele precisa fazer uma nova sequência de códigos. Ajude-o encaixando cada peça em seu lugar.

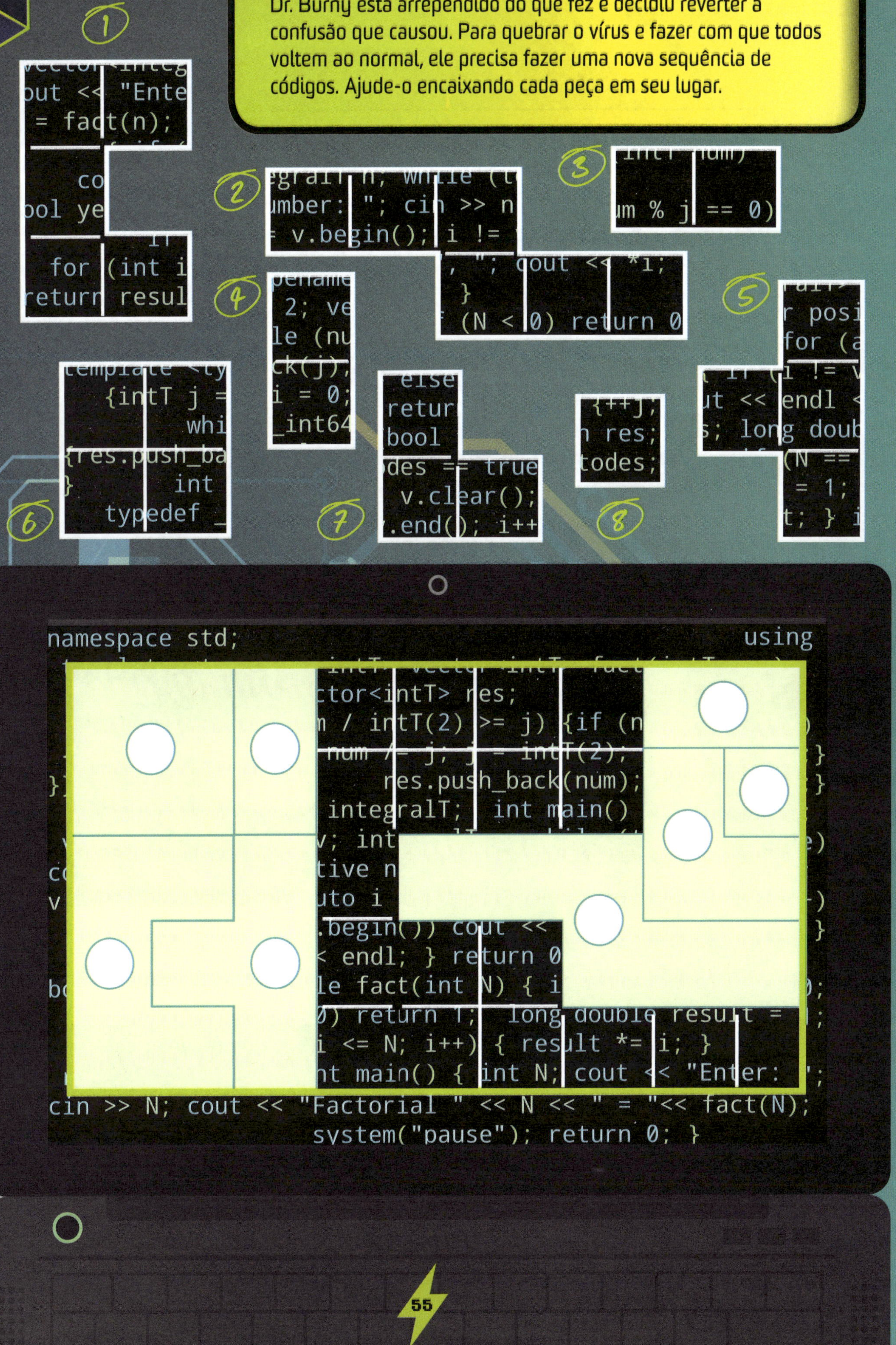

SAÍDA
Pronto. Todos voltaram ao normal. Me desculpem pela bagunça. Acho que vou ter que arrumar uma outra forma de tornar minhas invenções conhecidas.
A gente pode ajudar nisso. Que tal criar um canal no YouTube?
Eu acho uma ótima ideia...

Ué... Quem falou isso?
Fui eu. Sou o Zip, assistente do Dr. Burny. Fui eu que chamei vocês para solucionar esse caso.
Sei que o Dr. Burny tem um bom coração, mas eu precisava de ajuda para fazê-lo entender que isso é errado.
Poxa, Zip, obrigado por tudo. Sem vocês não conseguiria ver como é errado o que fiz.
Que bom que tudo terminou bem, mas agora precisamos ir. Espero que a gente se veja em breve. Até a próxima, Dr. Burny.

E aí, beleza? Agora que solucionamos o caso e você já fez todas as atividades deste livro, temos mais um desafio.

Isso aí! A partir da página 4, deixamos escondido um objeto. Você consegue descobrir qual é?

OBJETO OCULTO

_ _ _ _ _ _ _

Ei, não acabou ainda. Em cada tela, tem uma letra. Ela forma uma frase e a quinta palavra vai desbloquear um vídeo exclusivo para você. Para acessá-lo, é só usar o QR Code abaixo.

Isso aí! Agora sim a aventura acabou. Vejo você na próxima missão!

____! ___________, _____,

_ _____ ___ _____ _ ____ __

_________, ___!

RESPOSTAS

LEGENDAS:

- Objeto oculto
- Resposta das atividades
- Respostas dos quadros mágicos

PÁGINA 04

PÁGINA 05

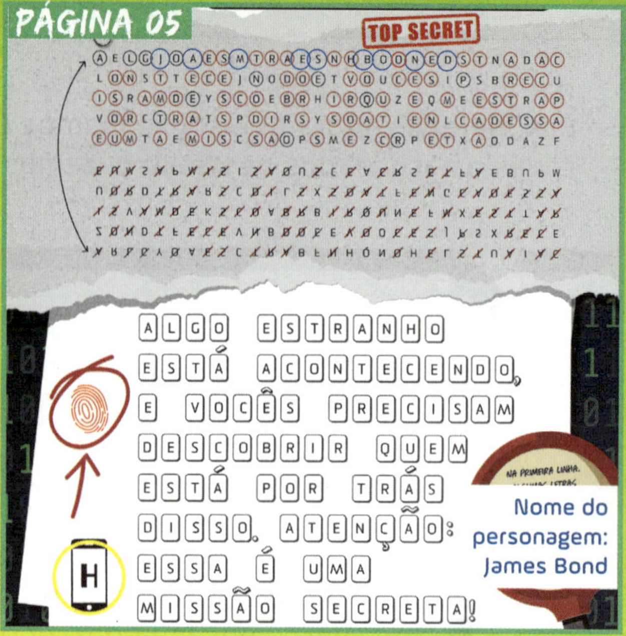

PÁGINA 06

PÁGINA 07

Resposta: O vírus

PÁGINAS 08 E 09

Resposta: 23

PÁGINA 10

PÁGINA 11

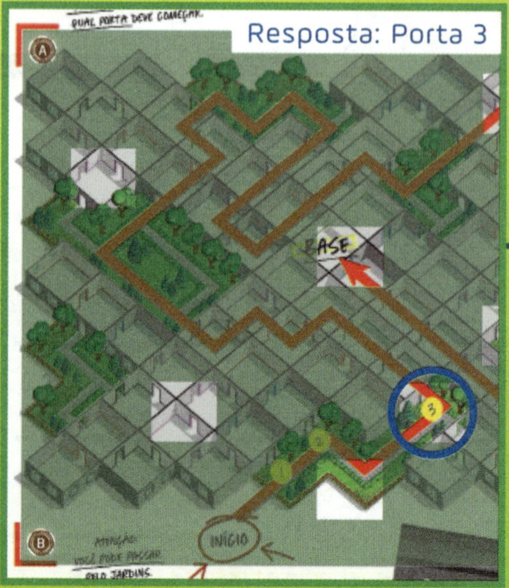

Resposta: Porta 3

PÁGINA 12

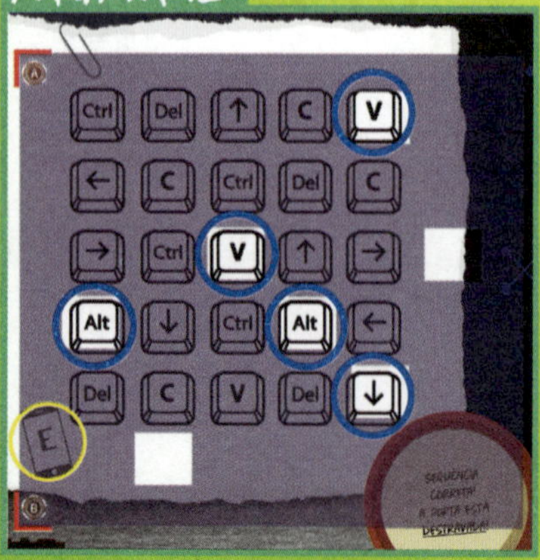

PÁGINA 13

PÁGINA 14

PÁGINA 15

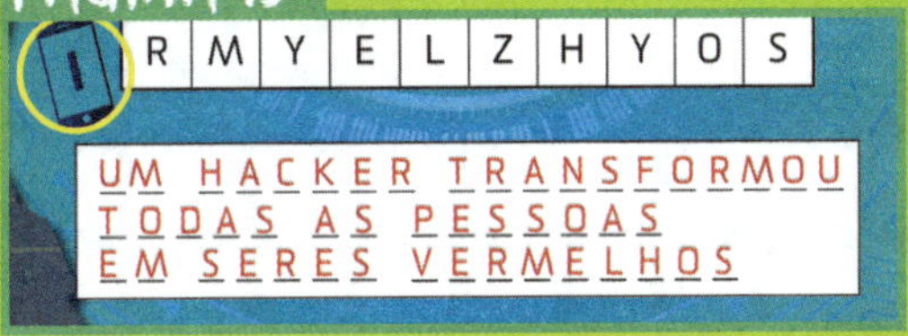

PÁGINA 16

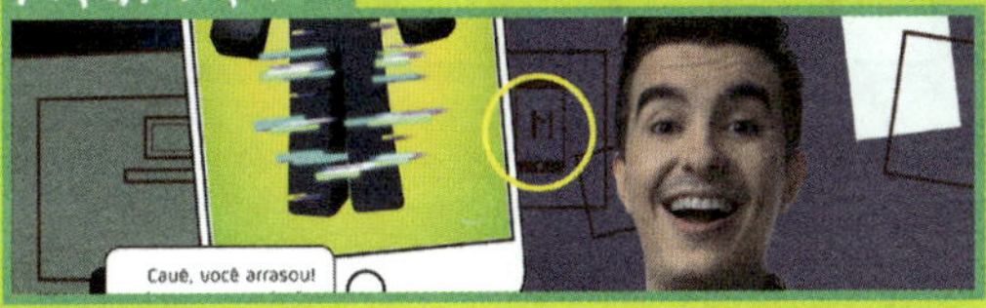

PÁGINA 17

PÁGINA 18

PÁGINA 19

PÁGINAS 20 E 21

PÁGINA 20

PÁGINA 21

PÁGINA 22

PÁGINA 23

PÁGINA 24

PÁGINA 25

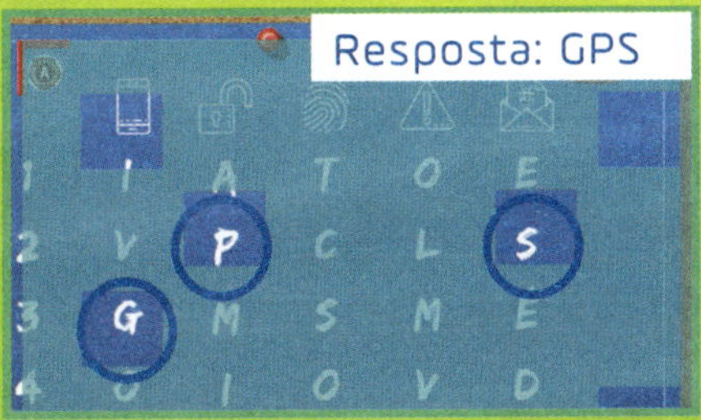

PÁGINA 26

PÁGINA 27

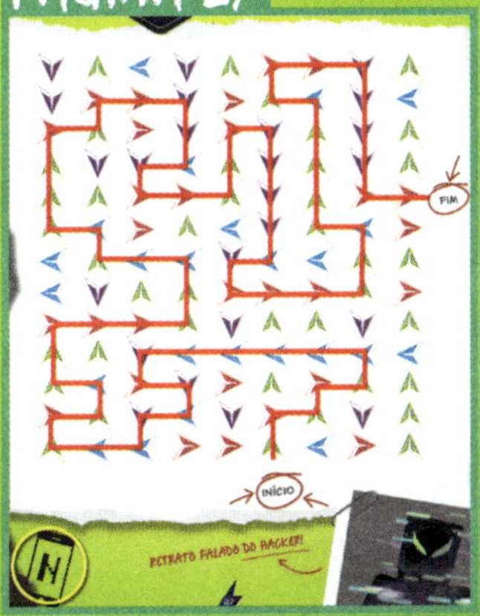

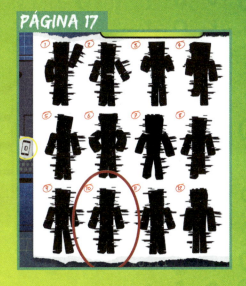

PÁGINA 28
D

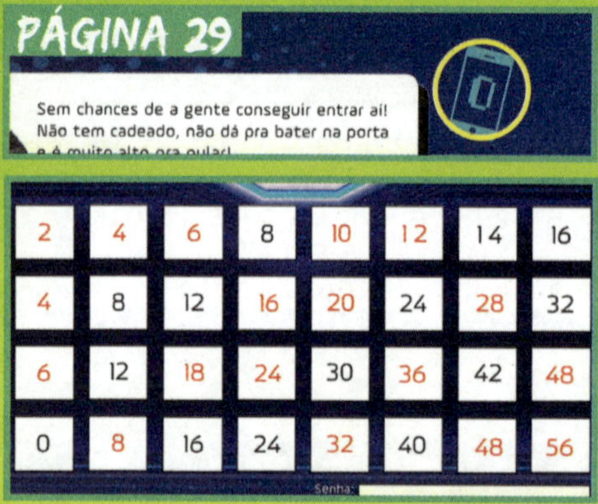
PÁGINA 29
Sem chances de a gente conseguir entrar aí! Não tem cadeado, não dá pra bater na porta
O
2 4 6 8 10 12 14 16
4 8 12 16 20 24 28 32
6 12 18 24 30 36 42 48
0 8 16 24 32 40 48 56
Senha:

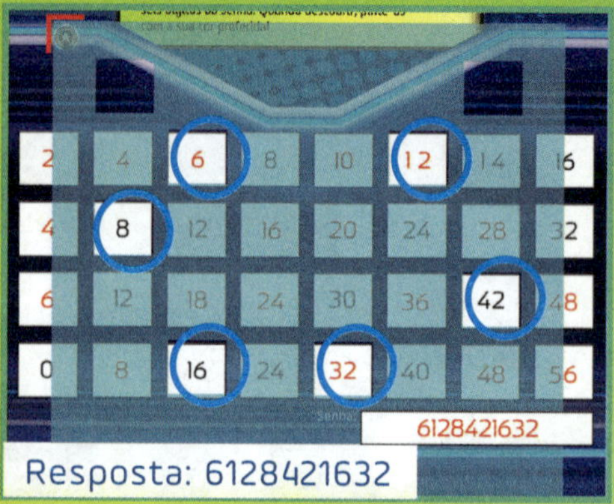
2 4 6 8 10 12 14 16
4 8 12 16 20 24 28 32
6 12 18 24 30 36 42 48
0 8 16 24 32 40 48 56
Senha:
6128421632
Resposta: 6128421632

PÁGINAS 30 E 35
80°C
Baixa, olha só para este lugar. Está lotado de câmeras de segurança!
Uau! Nem acredito que conseguimos! Essa foi difícil, hein?!
Resposta: 12
12

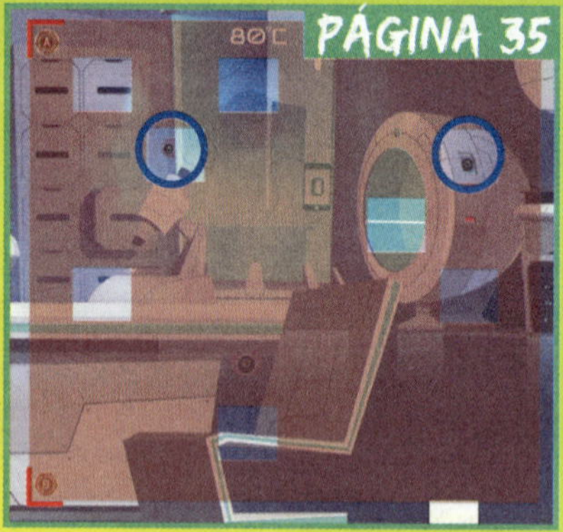
80°C
PÁGINA 35

PÁGINA 36
ERROS
ue Cauê e Baixa
do surpreendidos
dessa confusão
detalhes e
as.
I

PÁGINA 37
Ora, ora, ora... Vejo que temos visitantes!
S

PÁGINA 38
A

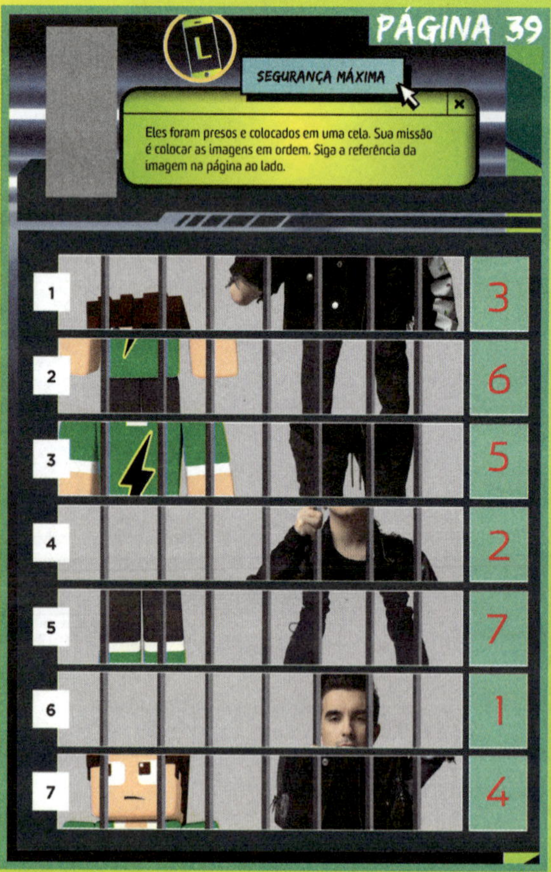
PÁGINA 39
L
SEGURANÇA MÁXIMA
Eles foram presos e colocados em uma cela. Sua missão é colocar as imagens em ordem. Siga a referência da imagem na página ao lado.
1 3
2 6
3 5
4 2
5 7
6 1
7 4

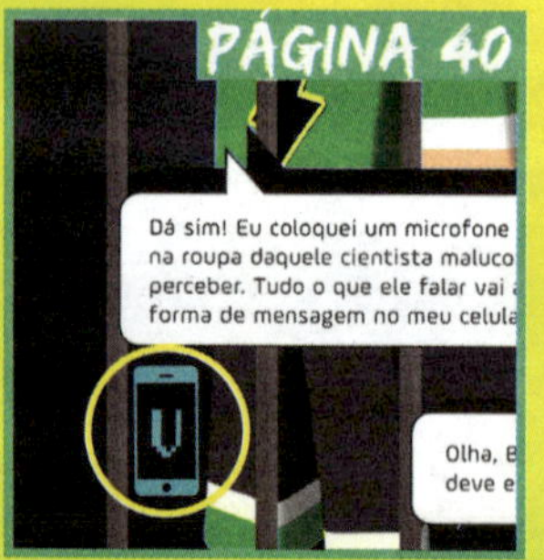
PÁGINA 40
Dá sim! Eu coloquei um microfone na roupa daquele cientista maluco perceber. Tudo o que ele falar vai forma de mensagem no meu celula
V
Olha, B deve e

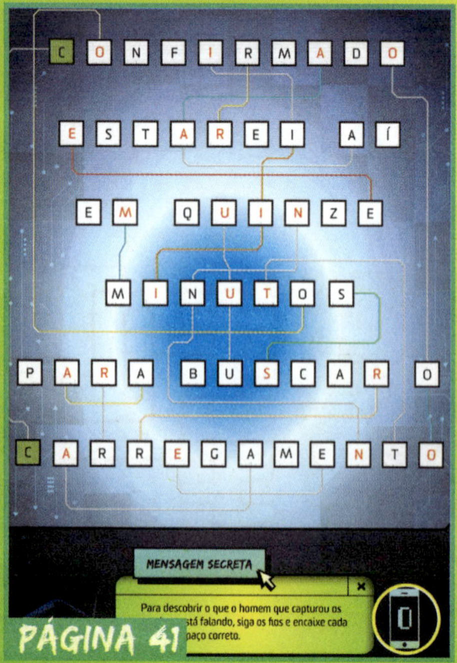
CONFIRMADO
ESTAREI AÍ
EM QUINZE
MINUTOS
PARA BUSCAR O
CARREGAMENTO
MENSAGEM SECRETA
Para descobrir o que o homem que capturou os está falando, siga os fios e encaixe cada paço correto.
O
PÁGINA 41

PÁGINA 42
E

PÁGINA 43
T

PÁGINA 44
Cauê, eu vi ele entrando naquela porta! Devemos conseguir alguma pista lá!
U

PÁGINA 45

PÁGINA 46

PÁGINA 47

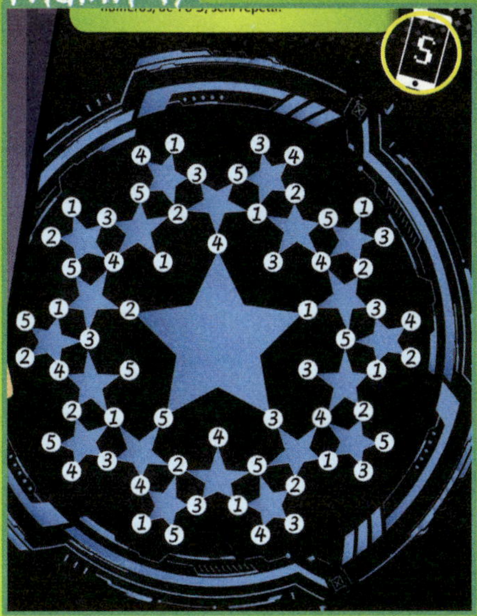

PÁGINA 48

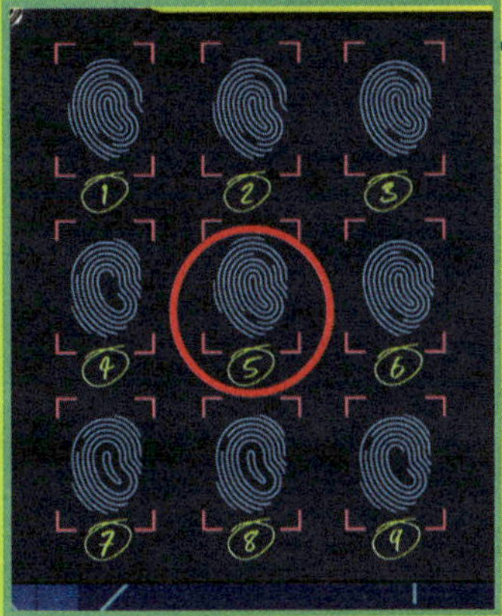

PÁGINA 49

PÁGINA 50

PÁGINA 51

PÁGINA 52

PÁGINA 54

PÁGINA 53

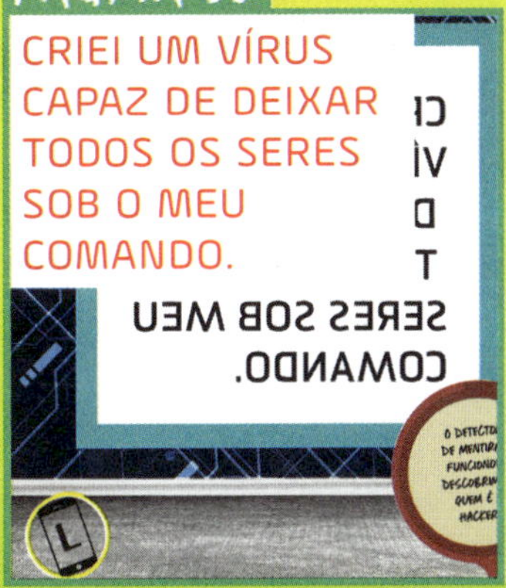

PÁGINA 55

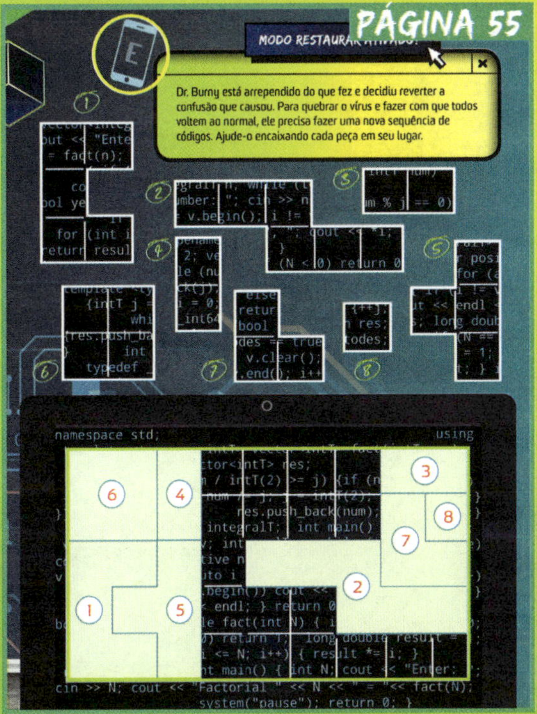

PÁGINA 56

PÁGINA 57

PÁGINA 59

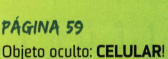

Objeto oculto: **CELULAR!**

Frase secreta: **"UHUL! CONSEGUIMOS, BAIXA. O MUNDO FOI SALVO E TUDO SE RESOLVEU, UFA!"**

Senha: **MUNDO**

Este livro foi revisado segundo o Novo Acordo Ortográfico da Língua Portuguesa.

Produção editorial Aline Santos, Bárbara Gatti, Jaqueline Lopes, Mariana Rodrigueiro, Natália Ortega e Renan Oliveira.
Fotos Franklin de Freitas
Ilustrações Baixa VicTycoon
Capa Agência MOV e Aline Santos

Ilustrações: A7880S/Shutterstock, Cernecka Natalja/Shutterstock, Cosmic squirrel/Shutterstock, David Slezak/Shutterstock, Dmitriy Nikiforov/Shutterstock, Dotted Yeti/Shutterstock, Drug Naroda/Shutterstock, Flas100/Shutterstock, Guilherme Victorello/Shutterstock, He She It/Shutterstock, IM_VISUALS/Shutterstock, Jovanovic Dejan/Shutterstock, Kit8.net/Shutterstock, klyaksun/Shutterstock, local_doctor/Shutterstock, Mad Dog/Shutterstock, MchlSkhrv/Shutterstock, MIKHAIL GRACHIKOV/Shutterstock, Mooi Design/Shutterstock, moxumbic/Shutterstock, MuPlus/Shutterstock, natrot/Shutterstock, Nikelser Kate/Shutterstock, Omelchenko/Shutterstock, Paladin12/Shutterstock, Pogorelova Olga/Shutterstock, Quardia/Shutterstock, Radmila/Shutterstock, Rno Graphic/Shutterstock, rogistok/Shutterstock, Sazhnieva Oksana/Shutterstock, SergeyBitos/Shutterstock, soponyono/Shutterstock, Sudowoodo/Shutterstock, Thomas Pajot/Shutterstock, Valentin Agapov/Shutterstock, Vector Micro Master/Shutterstock, Vector Tradition/Shutterstock, VectorPixelStar/Shutterstock, vi73/Shutterstock, Viktorija Reuta/Shutterstock, Voin_Sveta/Shutterstock, WWWoronin/Shutterstock, YUCALORA/Shutterstock, ZinetroN/Shutterstock

Primeira edição (Abril/2021)
Papel de capa Cartão Triplex 250g
Papel de miolo Offset 90g
Gráfica Lis

CIP-BRASIL. CATALOGAÇÃO NA PUBLICAÇÃO
SINDICATO NACIONAL DOS EDITORES DE LIVROS, RJ

B941b
Bueno, Cauê, 1997-
BaixaMemória : missão secreta / Cauê Bueno. - 1. ed. - Bauru [SP] : Astral Cultural, 2021.
64 p. : il. ; 31 cm.

ISBN: 978-65-5566-095-1

1. Ficção. 2. Literatura infantojuvenil brasileira. I. Título.

21-69609

CDD 808.899282
CDU 82-93(81)

Camila Donis Hartmann - Bibliotecária - CRB-7/6472

astral cultural ASTRAL CULTURAL EDITORA LTDA

BAURU
Av. Duque de Caxias, 11-70
CEP 17012-151 - 8o andar
Telefone: (14) 3235-3878
Fax: (14) 3235-3879

SÃO PAULO
Rua Major Quedinho 11, 1910
Centro Histórico
CEP 01150-030

E-mail: contato@astralcultural.com.br